연애 소설이 나에게

연애 소설이 나에게

일러두기

· 단행본(책 한 권이 온전히 작품인 경우) 및 단편집은 『겹낫표』, 단편집에 실린 단편 또는 중편 소설은 「홑낫표」로 표기했습니다.

· 시집은 『겹낫표』, 시는 「홑낫표」로 표기했습니다.

· 그림은 「홑낫표」로 표기했습니다.

· 영화, TV 프로그램 제목은 〈홑화살괄호〉로 표기했습니다.

연애 소설이 나에게

우정욱 지음

mons 몬스

좋은 연애 소설,
어쩌면 그것은 작은 구원이다

The moon is beautiful partly because we cannot reach it,

the sea is impressive because one can never be sure of

crossing it safely.

닿을 수 없기 때문에 달은 아름답고, 무사히 건널 수

있다고 확신할 수 없기 때문에 바다는 인상적이다.

- 조지 오웰

고대 인도 타밀나두 지역에서는 인간의 사랑을 다섯 가지 풍경으로 구분하고, 그 풍경의 이름으로 사랑시를 남겼다. '언덕Kurinji'은 은밀하고 뜨거운 사랑, '숲Mullai'은 기다리는 사랑, '평야Marutham'는 복잡하게 얽힌 사랑, '바닷가Neithal'는 불안한 사랑, '사막Palai'은 고통이 가득한 사랑을 상징했다. 모든 사랑은 그 다섯 가지 풍경 속에 있다고 나는 믿는다.

다른 소설보다 연애 소설을 더 좋아했다고 말할 수 없다. 다른 사람들보다 연애 소설을 더 많이 읽지도 않았다. 하지만 마음속에 남은 소설들의 상당수가 연애 소설이었다는 점은 부인할 수 없다. 격정, 집착, 슬픔, 죄의식, 갈망, 불안, 절망 그리고 알 수 없음.

옷장 속에는 다양한 옷들이 있는 것 같지만, 막상 열어보면 나는 안다. 언제나 비슷한 색깔, 비슷한 디자인의 옷을 입고 다닌다는 것을. 사람은 잘 변하지 않는다.

부끄럽지만, 사실 연애 경험은 그리 많지 않다. 대학 시절에 연애하고 싶은 마음은 충만했지만, 좋아하는 누군가를 발견했을 때 아주 긴 나사못을 조심스럽게 돌리듯 은밀하게 그 뜨거운 마음을 간직했다. 망치로 못대가리를 때리는 용기를 가진 자에게만 연애의 승리가 주어진다고 주변 친구들은 조언했다.

하지만 내 사랑은 언제나 길고 가는 나사못이었다. 보이지 않는 마음이라도 쉬지 않고 돌리다 보면 결국 그와 만나게 될 것이라고, 두 개의 판이 단단하게 연결될 것이라고 믿었다. 하지만 줄곧 나사못은 그에게 닿지도 못한 채 내 자신의 두꺼운 합판을 뚫지 못했다. 그럴 때면 소설이나 영화 속 이야기가 내 도피처가 되곤 했다.

"좋아했거나 기억에 남는 연애 소설이 있나요?"

뜬금없이 주변 사람들에게 묻는다. 사람들의 눈동자 모양이 제각각이다. "연애 소설이요?" 하면서, 달달한 첫사랑 정도로 알아듣고 얼굴 발개지는 이도 있고, "에이, 이제는 안 읽어요."라며 무슨 이유에선가 편의점 도시락처럼 가볍고 유치한 할리퀸 문고 정도로 취급하는 사람도 있다. 황순원의 「소나기」(1953)라고 대답한 사람도 세 명이나 봤다.

내가 이 책을 쓰는 이유는 사실 여기에 있다. 연애는 사랑과는 꽤나 다르고, 연애 소설은 에로티카, 로맨스, 러브 스토리 그 이상이라는 것을 말해 주고 싶다. 우연히 만난 좋은 연애 소설은 다섯 개의 풍경 속으로 우리를 이끌고, 그 풍경 속 주인공들의 기쁨과 슬픔, 환희와 절망을 목격하게 한다.

그리고 이루지 못한 우리의 사랑을 되돌아보게 만든다. 그리하여 연애라는 진부하고 세속적인 인간의 행위가 우리 마음속 우주를 더 넓고, 더 깊게 만든다는 그 사실을 알려주고 싶다.

가끔 나는 믿는다. 좋은 연애 소설은 우리를 더 나은 사람이 되게 하고, 어쩌면 그것은 작은 구원일지 모른다고.

차례

파편
fragment

**온전한 것에서 떨어져 나왔거나 온전한 것이 부서진 조각들.
숨어 있다가 가끔 반짝거린다.**

솔직히 말해, 나이 오십에 에세이를 쓴다면 뭔가 고상한 주제에 대해 써야 한다는 생각이, 나는 하나도 들지 않았다. 요가나 명상, 수영이나 달리기도 아닌 연애 소설이라니. 사실 원래 염두에 둔 주제는 '야한 소설'이었다. 즉, 이 책의 제목이 '연애 소설이 나에게'가 아니라 '야한 소설이 나에게'가 될 수도 있었다는 말이다.

독자들의 눈에 들어 꽤 팔릴 수도 있는 제목이지만, 내가 다니는 직장의 이름과 야한 소설이라는 단어를 번갈아 소리내서 읊조리니 도무지 어울리지 않다는 생각이 들었다. 그리고 블라디미르 나보코프, 필립 로스, 아나이스 닌의 소설 속 주인공들의 행각을 상세히 묘사했다가는, 왠지 근엄한 독자들로부터 항의 전화나 받지 않겠나 하는 걱정도 들었다.

"그럼 연애 소설은 어떠세요?"

출판사 대표의 제안은 솔깃했다. "글쎄요, 연애 소설이라면. 한번 써볼게요." 승낙을 했다. 하지만 그때까지도 무엇이 연애인지, 어디까지가 연애 소설인지 그 기준이 모호했다. 무엇보다도 연애 소설이 명상이나 수영처럼 한 인간을 더 자유롭게, 더 심오하게 만들어줄 수 있는 좋은 경험인지 자신이 없었다. 연애의 고통에 빠진 인간들을 구경하는 것이 뭐가 좋기에, 도대체 그게 무엇이기에.

고개를 들어 책장에 꽂혀 있는 책들을 본다. 『일리아스』, 『오뒷세이아』, 『펠로폰네소스 전쟁사』, 『돈키호테』, 『모비 딕』, 『코스모스』, 『축의 시대』, 『마음의 진보』, 『선禪과 모터사이클 관리술』, 『그림 형제 민담집』 등 '벽돌책'들이 보기 좋게 모여 있다.

사십 이후 나는 어떤 강박에 빠져 있었다. 똑똑한 인간, 도덕적인 인간이 되어야 한다는 강박이었다. 그리고 그렇게 보이려고 애쓰며 살아온 것 같다. 그런 내가 연애 소설에 대한 에세이를 낸다면 주위 사람들은 꽤 놀랄 것이다. 가솔린 엔진에 경유를 넣는 혼유 사고라도 본 듯한 눈빛으로 나를 볼지 모르겠다. 생각만 해 봐도 아찔하고 즐겁다.

술자리가 익은 밤, 앤드루 포터의 단편 소설 「빛과 물질에 관한 이론」 줄거리를 말해 주면 그런 책도 읽냐 며 놀란다. 그리고 한 주나 두 주 후에 문자가 온다. 오 랜만에 좋은 소설 읽게 되어 감사하다고 그는 말한다. 존 윌리엄스의 『스토너』가 그랬고, 정영수의 「내일의 연인들」도 그러했다.

연애 소설 따위에서 사람들이 느낀 그 모호하면서 도 뭉클한 느낌의 실체는 무엇이었을까. 깨진 연애, 조 각난 기억의 파편들 속에서 반짝거리는 그 물체는 도 대체 무엇이었을까.

불현듯 연애 소설에 대한 이야기를 쓰되 연애의 시 작에서 끝에 이르는 과정을 몇 개의 단어로 풀어보면 어떨까 하는 모험심이 생겼다. 나 자신에게도 흥미로 운 작업일 것이다. 눈치 빠른 독자들은 알아챘을 테 지만, 이 책은 롤랑 바르트의 『사랑의 단상Fragments d'un discours amoureux』에 대한 나의 오마주다.

어차피 모든 연애는 파편으로 부서지고, 모든 연애

이야기는 그 파편에 대한 단상일 수밖에 없으니, 이 글쓰기 작업도 파편에서 시작하는 것이 온당할 것이다.

Write about obscure things but don't write obscurely.

모호한 것에 대해 쓰되 모호하게는 쓰지 말라.

격정은 하나 있다. W. G. 제발트의 이 글쓰기 조언과는 완전히 거꾸로인 셈이다. 연애처럼 명쾌한 것을 글처럼 모호한 것으로 풀어내고 있는 게 아닐까.

소설
novel

피와 살로 만들어진 인간들이 먹고 마시고 숨 쉬고 노래하고 사랑하는 이야기.

몇 해 전 최인아책방에서 열린 정여울 작가의 글쓰기 강의를 들은 적이 있다. 일요일 하루 종일 진행되는 꽤 비싼 강의였는데, 왜 그 강의를 들으려고 했는지 정확한 이유는 기억나지 않는다. 혹시 그의 글쓰기 비밀을 알게 되어, 글쓰기에 도움이 되지 않을까 하는 막연한 계산이었던 것 같다. 하지만 예상외로 수강생 대부분은 초등학생이 포함된 어린 학생들이었다. 아이들 틈에 앉아 있는 웬 아저씨, 정여울 작가에게는 나라는 존재 역시 뜬금없는 수강생이었을 것이다.

오전에는 앨런 긴즈버그의 시 「너무도 많은 것들 Ruhr-Gebiet」을 읽고 각자가 '너무도 많은 것들'이라는 제목으로 시를 썼다. 본격적인 창작에 앞서, 뭔가 막힌 부분을 뚫어내는 발성 연습 같았다. 생각보다 쉽지 않았다. 너무도 많은 다음에 오는 단어들이 좀처럼 생각나지 않았다.

오후에는 안데르센의 동화 「인어공주」의 뒷부분을 변형해서 소설을 써보는, 창작 수업이 진행되었다. 그리고 자신이 쓴 소설을 다른 사람 앞에서 읽는 것으로 수업은 마무리되었다.

가장 어린 학생의 글이 가장 재미있었다. 큰 박수 소리가 그 증거였다. 막힘이 없는, 상상력이 샘솟는 글이었다.

"악기를 다뤄보시는 게 어때요?"

물끄러미 내 글을 읽던 정여울 작가가 대뜸 입을 열었다. 내가 각색한 「인어공주」는 이랬다. 목소리를 포기하고 다리를 얻으려던 인어공주가 무슨 이유에서인지, 다리도 얻고 목소리도 잃지 않게 되면서 벌어지는 일종의 코미디였다. 나름 재미있게 썼다고 생각했다.

그럼에도 정여울 작가는 내가 딱딱한 껍질을 가진 갑각류 인간이라는 사실을 금세 눈치챘다. 예의 바른 의사였다. 그녀는 조심스런 처방을 내렸다. 바이올린이나 피아노 같은 악기를 배우게 되면 숨겨진 에너지

를 발견하고, 몰랐던 자신을 만나게 될 것이라고 말해
주었다.

"극T시죠?"
"네? 그게 뭔데요?"

요새 "극T가 아니냐?"는 말을 가끔 들었다. 언제부
턴가 악기 연주가가 아닌, 음악 평론가로 세상을 산다.
'그렇게 살아도 돼'라는 말 대신 '그렇게 살아야 해'라
는 명제를 가슴에 품고 세상을 산다.

내 마음속에 양들이 살고 있다면 한 마리라도 철조
망을 넘어가서는 안 된다는 눈빛으로 사방을 둘러보
는, 나는 초조한 양치기다. 그곳은 자유로운 존재sein의
세계가 아닌, 엄격한 당위sollen의 세계다. 나는 안다. 당
위의 세계가 차라리 달콤하다는 것을. 내면의 목소리
보다 외부의 큰 목소리에 맞춰 살아가면 오히려 마음
은 편해진다.

하지만 나는 알고 있다. 그렇게 살아왔지만, 원하던
내가 만들어지지 않았음을. 이 정도면 뭐라도 되었을
것 같은데, 현재의 내가 그렇지 않음을. 카뮈가 말했듯
이, 어느 누구도 우리 자신을 이런 사람이라고 말할 수

는 없다. 이런 사람이 아니라고만 말할 수 있을 뿐.

극T라고 오해받는 내가 예전에 한 권 한 권 읽던 연애 소설을 모아 다시 읽어본다. 고백하건대 나는 T형이 아니라 F형 인간이다. 20대 시절, 쥐새끼처럼 쏘다니던 골목길로 되돌아간 기분이다. 고상한 벽돌집 주택가가 아닌 음식 냄새, 살 냄새, 썩는 냄새가 뒤섞여 있는 어두운 시장 골목으로.

이디스 워튼, 모니카 마론, 필립 로스, 블라디미르 나보코프, 이언 매큐언, 줄리언 반스, 마르그리트 뒤라스, 아나이스 닌, 윌리엄 트레버, 존 파울즈, 앤드루 포터, 제임스 케인, 제임스 설터, 존 윌리엄스, 다니자키 준이치로, 박범신, 이혁진 그리고 정영수. 소설 속 주인공들은 충동에 이끌리고 움직인다.

피와 살로 만들어진 인간들, 그들은 타인의 육체에서 자신의 육체를 발견하는 인간들이다. 먹고 마시고 숨 쉬고 노래하고 사랑한다.

지난여름부터 가방 속에는 항상 몇 권의 연애 소설 책이 들어 있었다. 소란스런 카페 구석에서, 점심시간이라 불 꺼진 사무실 책상에서, 지방으로 내려가는

KTX 안에서 소설을 읽었다. 연애 소설 읽기는 정여울 작가가 처방 내렸던 악기 연주와 비슷한 것일까.

연애 소설을 읽다 보면 마음속 양들이 한 마리 또 한 마리 철조망을 넘어 안개 속 골짜기로 사라진다. 별로 초조하지는 않다. 딸랑딸랑. 글자 사이로 철조망을 넘은 양들의 목에 걸려 있는 작은 종소리가 들린다. 어쩌면 그 소리는, 나라는 악기의 빈 통에서 흘러나오는 음악 소리일지 모른다는 생각이 든다.

테네레의 나무
Arbre du Ténéré

세상에서 가장 외로웠던 존재.
우연한 사고로 쪼개져 속살을 드러낸다.

아프리카 니제르의 사하라 사막에는 한때 세상에서 가장 외로운 나무가 서 있었다. 주변 400km 내에 나무라고는 한 그루도 없었기 때문이다. 300년은 족히 살았을 것으로 추정되는 이 테네레의 나무Arbre du Ténéré는 광막한 사막을 지나는 이들에게는 경이로움 그 자체였다.

그런데 1973년, 어이없는 사건이 발생했다. 술을 마시고 트럭을 몰던 한 운전사가 사막 한가운데 서 있던 나무를 들이박았다. 오히려 그 운전사는, 나무가 트럭으로 달려들었다고 항변했을지 모른다. 깜깜한 사막에 나무 한 그루가 버티고 서 있을 줄 누가 상상이나 했을까. 그 운 나쁜 운전사가 어떻게 되었는지 알 수 없지만, 부러진 나무는 결국 박물관의 소장품이 되었다.

The love fractures you.

그 사랑이 너를 산산이 쪼갠다.

한 사람의 인생에서 연애는 이런 희한한 교통사고와 비슷하다. 어쩌면 당신은 테네레의 나무였다. 저돌적으로 달려든 누군가에 의해 당신의 일상이, 당신의 삶이 송두리째 흔들린다. 테네레의 나무처럼 당신은 뚝 하고 부러진다.

필립 로스의 『죽어가는 짐승』에서 옮긴이는 'fracture'라는 단어를 '부숴버린다'라고 번역했지만, 나는 '쪼갠다'라고 번역하는 것이 더 적절하다고 생각한다. 사랑은 파괴적이기는 하지만, 한 인간을 산산조각 내지는 않는다. 부숴버리는 게 아니라 쪼개서 보여주는 것이다.

뜬금없는 질문을 해본다. 연애는 왜 하는 것일까. 아프면서도 왜 할 만하다고 말하는 것일까. 외롭지만 완벽했던 나날들, 테네레의 나무처럼 그렇게 살아가면 되었을 것을.

연애는 스스로 완벽하다고 믿는 한 사람의 삶 속으로 잠입해 그의 시간을 멈추게 하고, 그가 딛고 서 있던 단단한 지반을 허물어 버린다. 그리고 그의 욕망을 얽매고 있던 족쇄를 풀어 그를 해방시킨다.

결국 연애는 우리가 이전과는 다른 존재, 다른 사람이 되어보는 과정이다. 그 되어보는becoming 과정을 통해, 우리는 연애 이전의 우리가 결코 완벽하거나 완전하지 않았음을 깨닫는다. 섬뜩하게 들리겠지만, 이렇게 말하고 싶다.

"당신을 부러뜨리는 연애가 좋은 연애다."

발견
finding

**한 사람이 한 사람을 포착하는 행위. 실제 연애에서는
순간이지만 연애 소설에서는 서너 페이지에 걸쳐 묘사한다.**

Marita, please find me, I am almost 30.

마리타, 제발 나를 발견해 줘. 나 거의 서른이야.

복학한 초가을, 중앙 도서관 구석에서 최승자 수필을
읽다 발견한, 레너드 코헨의 시 제목이었다. '제발 나
를 발견해 줘Please find me'라는 세 단어가 그날 오후 내내
심장을 휘감았다. 솔직하고 절박한 고백. 요긴하게 써
먹을 수 있는 표현이었다.

누군가에게 연애편지를 쓸 기회가 온다면 그 세 단
어를 반드시 써먹으리라 다짐했다. 하지만 서른이 넘
도록 그 문장을 쓸 일은 일어나지 않았다. 서른 살을 마
흔 살로 바꿔 보니, 느낌이 많이 달라서 서른 이후에는
그 문장을 잊어버렸다.

“언제 나를 발견한 거야?”
“그 순간, 어떤 기분이었어?”

　가끔 연인들은 상대방의 마음을 확인하기 위해 그 최초의 시간에 대해 꼬치꼬치 캐묻는다. 물론 연애 기간이 길어질수록 발견의 순간에 대한 기억은 가물가물해진다. 게다가 발견은 모호한 감정에서 시작하기 때문에, 무엇이 상대방에게 호감을 느끼게 했는지 그 인과 관계를 명확하게 설명하는 것이나 당시 주변 상황을 상세하게 묘사하기가 점점 어려워진다. 그럴 때는 거짓말이나 판타지를 좀 보태서 말할 수밖에 없다. 희미해진 기억이 그럴듯한 로맨스로 변하게 되는 이유다.

　어쨌든 모든 연애는 시작이 있다. 다만 A가 B를 발견했다고 주장하는 시점이 B가 기억하는 시점과 정확하게 일치하는 것은 아니어서 결국 그 발견의 순간이 진짜인가 거짓인가 하는, 별로 생산적이지 않은 논쟁으로 이어진다. 남들 눈에는 그저 그런 사랑 싸움이겠지만, 어찌 되었든 이것은 연애가 순조롭다는 괜찮은 징조다.

발견의 순간이 아름답게 묘사된 작품은 무엇일까. 존 파울즈의 『프랑스 중위의 여자』가 먼저 떠오른다. 시대적 배경은 위선과 가식으로 인간의 성적 욕망을 억압하던 빅토리아 시대. 1867년, 결혼을 앞둔 주인공 찰스는 영국 남부 도싯의 절벽 해안 위를 거닐다, 사람이 거의 다니지 않은 오솔길로 접어든다. 덤불 사이에서 그는 토끼와 들꽃, 햇빛이 어우러진, 아무도 발견하지 못한 숲속의 빈터를 발견한다. 그리고 바로 그곳에서 가시 덤불 아래 잠들어 있는 한 사람을 발견한다.

사라라는 이름의 여인, 동네에서는 행적이 수상하고 행실이 의심스러운 여자, 그래서 창녀라는 뜻의 '프랑스 중위의 여자'라고 불리는 이였다. 아이처럼 곤히 자고 있는 그녀, 갈색빛의 살결을 가진 사라는 부드러우면서도 관능적인 자태를 뿜어내고 있다.

순간 찰스는 무엇이 그녀를 이 황량한 곳까지 내몰았을까 하는 절망감과 그가 살고 있는 이 세상이 그녀를 부당하게 배척했다는 연민을 동시에 느낀다. 미스터리한 프랑스 중위의 여자가 찰스의 삶 속으로 성큼 들어온 발견의 순간이다.

비슷한 시기였다. 그들도 위선의 시대 속에 살고 있

었다는 점은 마찬가지였다. 대서양의 반대편, 미국 뉴잉글랜드 지역의 산골 마을 노스도머. 한 소녀가 남의 눈에 잘 띄지 않는 은밀한 언덕 위 풀밭에 누워 있다. 이디스 워튼의 소설『여름』이다.

열여덟 살 채리티가 누워 있는 이 언덕배기에는 무성한 너도밤나무 아래, 통통하게 살 오른 솔방울, 꽃받침이 터지도록 만개하는 꽃들로 가득하다. 게다가 소나무 수액 냄새와 거대한 짐승의 숨결 같은 흙냄새로 뒤덮여 있다.

『프랑스 중위의 여자』의 사라처럼,『여름』의 채리티도 자연이 만들어낸 생명력 넘치는 침대 위에 누워 있는 셈이다.

『여름』에서 목격되는 발견의 행위는 흥미롭다. 발견의 주체가 남성이 아니라 여성이기 때문이다. 채리티는 시골 마을을 잠시 방문한 뉴욕 출신 건축가 루시어스 하니의 방을 몰래 훔쳐본다. 내일이면 열흘간의 짧은 밀회를 끝내고 하니는 뉴욕으로 돌아갈 것이다. 하니는 과연 나를 사랑했던 것일까. 채리티는 하니의 속마음을 알고 싶다는 호기심을 억누를 수 없다.

초승달도 사라진 캄캄한 밤, 채리티는 어둠 속에서

하니의 방을 들여다본다. 마음을 다잡지 못하고 슬퍼하는 하니. 채리티는 하니의 슬픔에 슬픔을 느낀다. 하지만 목선과 가슴이 만나 만들어내는 그의 근육도 놓치지 않는다. 채리티는 그를 껴안고 풀밭 위에 같이 뒹굴고 싶은 상상에 빠진다. 당장 방으로 뛰어들고 싶은 충동을 느낀다.

『여름』은 20세기 초반에 쓰였지만, 위선 가득한 당시 시대 통념에 저항하고, 주도적인 여성의 성적 욕망을 과감하게 드러내는 작품이다.

한 사람이 미지의 존재를 포착하는 순간은 아름답다. 미셸 트루니에는 이 세상 전체는 한 무더기의 열쇠와 자물쇠라고 했다. 참 재미있는 말이다. 수천, 수만의 조합에서 단 한 쌍의 열쇠와 자물쇠가 서로를 연다. 그 둘이 만나야 철커덕 마법이 풀리고 족쇄가 풀린다. 바로 발견의 순간이다.

이 숨 막히는 발견의 순간만큼은 소설로 읽어야 한다고 나는 생각한다. 여느 예술 장르에 비해 연애 소설이 가지고 있는 탁월함과 우월함이 여기에 있다. 영화나 TV 드라마가 직접적으로 보여주는 발견의 순간보다, 연애 소설을 읽는 사람들의 마음속에 떠오르는 개별적인 발견의 순간들이 훨씬 매력적이다. 비록 사라나 하니의 얼굴이 배우의 얼굴처럼 선명하지는 않다. 하지만 연애 소설 속 문장들은 아주 천천히 주인공들에게 피와 살을 주면서 살아 있는 몸을 만들어낸다. 연애 소설이 주는 최고의 매력은 육화肉化의 순간이다.

달콤한 음악과 감각적인 카메라 워크로 발견의 순간을 효과적으로 압축하는 영화와는 달리, 연애 소설은 마치 한 폭의 유화를 그리듯 주인공의 외부 세계와 내부 세계를 오가며 긴 호흡으로 발견의 장면을 기록한다. 예술 형식에 비유하자면 영화나 드라마 속 발견은 사진에 가깝고, 연애 소설 속 발견은 회화에 가깝다.

당신이 그를 발견한 그 순간. 그 잊히지 않을 장면을 간직할 수 있다면 당신은 사진과 유화 중에서 무엇을 선택하겠는가.

부름
calling

**부르는 자나 불리는 자, 모두 행복하다.
비록 그것이 착각일지라도.**

누군가 나를 발견했다면 조만간 그는 내 이름을 부를 것이다. 낯선 이가 내 이름을 내 귀에 들려줄 것이다. 물론 발견한 이의 희열만큼 이름 불리는 이의 달콤함도 크다. 하지만 불리는 자는 망설인다. 지금까지 평범한 일상 속에 살고 있던 그는 낯선 이의 부름을 선뜻 받아들이지 못한다.

누군가에게 사랑 고백을 받아본 사람은 안다. 낯선 사람의 초대는 미지의 세계로 들어가는 이상한 모험이라는 사실을. 그리고 그의 손을 잡고 들어가는 순간, 자신이 살았던 이전 세상은 사라질 것이라고 예감한다.

연애 소설을 읽다 보면 사랑 고백을 받은 주인공들의 망설임이 상당한 분량을 차지한다. 구애를 하는 자와 고백을 받은 자, 이 두 사람 사이의 상호 작용을 우리는 흔히 '밀당'이나 '썸'이라고 부른다. 사실 이 행위는 연애 소설의 몸통에 해당하며, 어떤 로맨틱 영화나 트렌디 드라마에서는 이 과정이 전부이기도 하다.

부름을 받은 주인공을 다룬 연애 소설의 극치는 안톤 체홉의 「입맞춤The Kiss」이다. 몇 해 전, 미국 촬영 도중 일정상 워싱턴 D.C.에서 노스캐롤라이나주 더램까지 밤늦게 달려야 하는 상황이 생겼다. 여독이 밀려오고 노래가 지겨워졌던 나는 김영하 작가의 팟캐스트를 틀었다.

불빛 하나 없는 칠흑 같은 밤, 체홉의 「입맞춤」을 읽는 김영하의 차분한 목소리가 창밖 어둠과 차 안의 침묵을 하나로 만들고 있었다. 그 사이 우리를 태운 차는 차창 밖 보이지 않는 소실점을 향해 그저 속도를 높이고 있었다.

오월의 봄밤, 이동하던 한 러시아 포병부대는 마을의 유지 폰 라벡 장군으로부터 저녁 초대를 받는다. 포대 부중대장 랴보비치는 장군의 집을 찾은 장교들 중 하나였다. 키 작고 수줍고 별 볼 일 없는 그는, 사람들의 대화에도 무도회의 춤에도 끼지 못한다. 무력감과 무료함에 집 안을 돌아다니던 그는 그만 길을 잃고, 어느 깜깜한 방으로 들어가게 된다.

얼마 있지 않아, 누군가 몰래 그 방으로 들어온다. 랴보비치가 저항할 틈도 없이, 부드럽고 향기나는 여성의 팔이 그의 목을 감싸고 따뜻한 뺨이 그의 뺨을 비빈다. 그리고 어둠 속 그녀가 랴보비치의 입술에 키스를 한다. 하지만 이내 이상함을 느낀 그녀는 소리를 지르며 방 밖으로 뛰쳐나가고 랴보비치는 터질 듯한 심장을 억누르며 무도회장으로 돌아온다.

처음에는 수치심을 느끼지만, 생애 첫 키스를 받은 랴보비치는 도대체 그게 무엇이었을까 하는 의문과 함께 묘한 삶의 활력을 얻는다. 어둠 속에서 느낀 드레스의 촉감, 향기, 목소리의 희미한 흔적으로 그녀가 누구인지 알아내기 위해 무도회장의 여인들을 찬찬히 살펴본다. 하지만 알 수 없다. 파티가 끝나 숙소로 돌아온 다음에도 랴보비치는 가뭇없이 사라진 그녀의 흔적을 붙잡기 위해 이불 속에서 아이처럼 웅크린다.

마을을 떠나 다른 곳으로 이동하면서, 랴보비치는

자신의 혈관 속에 삶의 에너지가 주입되었음을 느낀다. 누군가 실수로 자기에게 키스했다는 사실을 알면서도, 랴보비치는 얼굴 없는 그녀를 사랑한다. 이제 랴보비치는, 앞에 가는 병사의 목덜미만 쳐다보며 반쯤 자는 상태에서 행군하던 예전의 랴보비치가 아니다. 랴보비치는 상상한다. 그 마을로 되돌아가 그녀를 찾아내 그녀를 만지고 그녀와 결혼하는 상상.

길을 잃어 우연히 깜깜한 방으로 들어간 랴보비치처럼, 우리도 가끔 연애라는 특별한 방으로 들어간다. 우연히 들어간 방이든, 누군가에게 이끌려 들어간 방이든, 그곳에서 우리는 미처 예상치 못한 키스 세례를 받는다.

사실 「입맞춤」에서 랴보비치를 발견했거나, 랴보비치를 사랑한 사람은 아무도 없다. 그것은 우연이 빚어낸 사건, 누군가가 자신을 불렀다고 착각한 거대한 환상이다. 하지만 그 잘못된 키스가 랴보비치를 살게 만든다. 자신과 세상을 사랑하는 사람으로 바꾸어 놓는다.

거리의 연인들을 볼 때면 나는 가끔 랴보비치의 기

쁨이 생각난다. 어쩌면 연애에 빠진 모든 이는 랴보비치처럼 거대한 착각 속에서, 자신도 사랑하고 타인도 사랑하고 있는 게 아닐까 하는 못된 생각이 든다.

연애
affair

**일차적인 의미는 육체적 행위.
행위가 길어지면 육체적 관계로 변한다.**

재미 삼아 구글 트렌드Google Trend에서 '연애'라는 단어를 검색해 본다. 2004년부터 현재까지, 한국에서 연애라는 단어가 사람들의 관심을 얻었던 때는 언제였을까. 흥미로운 꺾은선 그래프가 나타난다.

연애는 사람들의 관심사라 별로 변화가 없을 줄 알았는데, 특이하게도 20년 동안 네 번의 피크가 눈에 띈다. 2010년 9월, 2014년 9월, 2021년 9월 그리고 2022년 10월이다. 흥미롭게도 모두 9월과 10월에 집중되어 있다. 가을은 연애의 계절일까.

단순한 추정이지만 2010년 9월은 영화 〈시라노;연애조작단〉, 2014년 9월은 드라마 〈연애의 발견〉 때문인 것 같다. 연애, 시라노, 발견이라는 세 단어를 함께 검색했을 때 세 개의 커브가 묘하게 겹친다. 그런 분석

틀로 봤을 때 명백히 2021년 9월과 2022년 10월은 TV 프로그램인 〈환승연애〉, 〈환승연애2〉 때문이다.

생각해 보면 사람들이 연애라는 단어를 왜 굳이 검색할까 하는 의문이 든다. 연애의 뜻이 바뀌는 것도 아니고, 연애의 뜻을 모르는 사람도 없을 터, 누가 검색창에 '연애'라는 단어를 집어넣고 엔터 키를 칠까.

주변 사람들에게 연애와 사랑의 차이가 무엇이냐고 물어보고 다녔다. 모두가 같은 단어라고 했다. 단 한 사람, 번역 일을 하는 후배 PD의 생각은 달랐다. 그는 연애는 영어로 어페어affair, 육체적 관계를 동반한 만남이라고 정의 내렸다. 예리한 해석이다.

실제로 연애를 가리키는 영어 단어 어페어affair는 섹스를 하는 관계라는 뜻을 가지고 있고, 어페어는 '~하다'라는 뜻의 프랑스어 페흐faire에서 유래했다.

연애와 사랑의 차이에 대해 좀 더 이야기해 보자. 연애는 실제 사건이고 구체적인 행위다. 그에 비해 사랑은 주관적인 감정이다. 그래서인지 연애와 사랑은 미묘하게 어울리는 시제가 따로 있다. 연애는 '연애하다'처럼 현재형에 어울리고, 사랑은 '사랑을 했다, 사랑을 느꼈다, 사랑을 예감하다'처럼 과거형이나 미래형에 어울린다. 연애가 시작되기 전 갖게 되는 관심이나 호감, 연애가 물러난 후에 느끼는 그리움 등은 변형된 형태의 사랑이다.

즉, 연애가 현재적 경험이라면, 사랑은 연애의 앞과 뒤에 존재하는 선험적이거나 후험적인 인식, 혹은 감정이라고 할 수 있다. 줄리언 반스가 소설 『연애의 기억The Only Story』에서 말했던 것처럼, 사랑을 이해하는 것은 심장이 식었을 때 오는 것이다.

또 다른 차이점도 있다. 사랑은 눈에 보이지 않지만, 연애는 눈에 보인다. 사랑하는 감정, 사랑하는 마음은 숨길 수 있다. 하지만 연애는 눈에 띄거나 들키는 가시성을 가지고 있다. 몰래 연애하는 이들은, 걸어가기만 해도 알 수 있다. 서로의 말에 귀 기울이기 위해 머리 두 개가 가운데로 자연스럽게 모인다. 때로 그들은 두 마리의 미어캣처럼 주시해야 할 방향을 분담해서 사방을 살핀다. 하지만 숨길 수는 있어도 속일 수는 없다.

이렇게 연애와 사랑은 엄연히 다른 개념인데도, 비슷하게 느껴지는 이유가 있다. 연애가 행위를 넘어 관계를 의미하기 때문이다. 기본적으로 연애는 육체적 행위다. 그런데 연애가 길어지면 연애는 육체적 행위라는 의미 위에 육체적 관계라는 뜻을 더하게 된다. 이 확장된 개념 때문에 연애는 사랑과 비슷해 보이고, 사랑만큼 복잡한 의미를 가지게 된다.

연애는 행위로 보면 점이지만, 관계로 보면 선이다. 즉, 육체적 행위가 서로의 육체에 남긴 자국이나 상처가, 곧 관계인 셈이다.

손
hand

**미지의 땅에 대한 지도, 미지의 바다를 흐르는 해류.
어떤 이의 손을 잡는 순간, 어디론가 떠나고 싶은 이유다.**

일주일에 한두 번 어둠이 내린 한강 변을 따라 달린다. 뛰는 사람, 걷는 사람, 드러누운 사람. 다양한 사람들이 스쳐 지나가지만, 오늘 처음으로 손잡은 듯한 남녀를 발견할 때가 간혹 있다. 어설픈 연인들은 바로 발각된다. 강변이 원래 계획한 데이트 코스는 아니라는 사실을 말해 주는 정장과 구두, 손은 잡았지만 몸이 부딪칠까 봐 멀찍이 거리를 둔 어색함이 그 증거다.

무엇보다도 그들은 계속해서 소리를 내며 웃는다. 무슨 재미있는 화제가 있어 웃는 웃음이 아니라, 손잡고 걸어가는 자신이 우스워 연신 터트리는 웃음이다. 불이 잘못 붙어 하늘로 올라가 마구 터지는 폭죽 같다고나 할까.

"손 잡았나? 손잡으면 끝이다."

대학 시절, 친구 녀석은 손잡기의 중요성에 대해 누누이 강조했다. 나는 시작이지만, 그는 끝이었다. 어쨌든 손잡기는 무엇을 약속하거나, 무엇을 최종적으로 결정하는 행위는 아닐 것이다. 두 개의 전신주 사이에 전선이 걸리는 사건 정도랄까. 그 선을 통해 전기가 흐를지, 통신 케이블이 설치될지, 아니면 전선이 끊어질지는 아직 정해지지 않은 미완의 상황이다. 다만 한 인간의 역사에 있어 손잡기는 두고두고 기억될 역사적인 순간임에 틀림없다.

내게 있어 손잡는 장면은 연애 소설의 백미다. 손을 잡는 인상적인 장면 하나만으로도 그 연애 소설은 인생 연애 소설이 된다. 내가 꼽는 최고의 장면은 이디스 워튼의 『이선 프롬 Ethan Frome』에 나온다. 손을 낚아채거나 어루만지지 않는다. 손을 잡았다고도 할 수 없다. 하지만 숨 막힐 듯 생생한 장면이다. 주변의 공기를 빼 버리는 진공의 아름다움이다.

주인공 이선Ethan은 아내 지나Zeena와 그녀의 친척 매티Mattie와 함께 한집에 살고 있다. 이선은 지나와의 메마른 결혼 생활을 이어가던 중, 지나 대신 집안일을 하기 위해 고용된 매티에게 각별한 마음을 품게 된다. 매티는 예민하고 병약한 아내 지나에게서는 느낄 수 없는 삶의 활기를 가지고 있다. 치료를 위해 지나가 1박 2일 여정으로 다른 마을로 간 사이, 이선은 매티와 하룻밤을 함께 보낼 수 있다는 행복감에 사로잡힌다.

두 사람 사이에 친밀한 대화가 오간다. 바느질을 하던 매티가 천을 쥔 채 갑자기 말을 멈춘다. 순간 이선은 따뜻한 해류가 그 천을 따라 자신을 향해 흘러오고 있음을 느낀다. 이선은 천 조각으로 손을 뻗는다. 따뜻한 해류가 자신에게 닿았고 다시 그녀 쪽으로 흘려보낸다는 말없는 몸짓이다. 매티의 속눈썹이 가늘게 떨린다. 이선은 그 천 조각의 끝자락에 자신의 손을 조심스레 얹는다. 하지만 이 밤이 둘에게 주어진 첫날밤이자 마지막 밤이라는 사실에, 이선은 아무 말도 아무 행동도 할 수 없다. 침묵이 흐르고 매티는 천 조각 위 이선의 손을 지친 눈으로 바라본다. 이선은 조용히 천 조각에 입을 맞춘다.

　　손 묘사가 아름다운 소설은 하나 더 있다. 모니카 마론의 『슬픈 짐승』에서 프란츠는 여주인공의 뺨을 집게손가락과 가운뎃손가락 바깥쪽으로 쓸어내린다. 순간, 공룡을 연구하는 여주인공은 자신이 박물관에 소장되어 있던 브라키오사우루스의 발을 만졌던 그 순간을 떠올린다. 예전 공룡 발을 만졌을 때 손가락 끝과 브라키오사우루스의 발 사이, 영겁에 가까운 그 시간 속에서 사라진 모든 죽음이 요동치고 있음을 느꼈다. 그 느낌처럼 프란츠의 손이 자신의 뺨을 만졌을 때 모든 과거, 모든 기억이 되살아나 사랑의 신비함으로 찾아왔음을 그녀는 느낀다.

　　입이 없지만 손은 말을 한다. 아직은 말이 되지 못한 모호한 감정 덩어리, 차마 말할 수 없는 사랑도 전할 수 있다는 점에서 손은 입보다 경이롭다. 그냥 손만 잡고 걸어도, 연인들은 대화를 주고받는다.

　　어느 시인의 말처럼, 누군가를 만난다는 것은 그 사람의 일생이 오는 것이다. 그의 일생이 이선이 느꼈던 따뜻한 해류처럼 올 수도 있고, 『슬픈 짐승』의 내가 느꼈던 요동치는 과거의 기억으로 올 수도 있다.

손가락 끝을 들여다본다. 이 작은 것에도 오묘한 세계가 들어 있다. 손가락 지문에는 ridge산등성이, valley계곡, island섬, delta삼각주, lake호수 등으로 불리는 곳이 있다. 마치 등고선이 촘촘한 한 장의 지도다.

각자의 지문이 다르듯, 각자의 마음속 지형도 다르고, 그 다른 지형만큼 각자에게 주어진 운명도 달라진다. 그런 손으로 다른 이의 손을 잡는다는 것은 무엇일까. 그 손으로 누군가를 만진다는 것은 무엇일까.

누군가의 손을 잡을 때 그 사람이 간직해 온 내밀한 지도가 내 손 위에 펼쳐진다. 누군가의 손을 만질 때 예전에는 느끼지 못했던 따뜻한 해류가 내 삶 속으로 조용히 밀려 들어온다. 그 순간, 지도와 해류를 믿고, 우리는 어디론가 떠나고 싶어진다.

살
flesh

욕망을 둘러싸고 있는 얇은 막. 자신의 살은 오직 다른 살과의 접촉을 통해서만 발견된다.

루벤스의 「십자가에서 내리심」.

애니메이션 〈플란다스의 개〉의 어린 화가, 네로가 그토록 보고 싶어 했던 그림은 바로 루벤스의 작품이었다. 크리스마스 때만 무료로 볼 수 있다는 귀한 그림. 안트베르펜 대성당에 걸려 있는 「십자가에서 내리심」을 본 네로는 마지막 소원을 이뤘다. 그리고 그림 아래에서 파트라슈와 함께 싸늘히 식어갔다.

주검이 되어 십자가에서 내려오는 그리스도처럼, 네로도 짧지만 고단한 삶을 내려놓았다. 방송은 끝났지만 마음을 가눌 수 없어, 어둑한 골목길을 정처없이 뛰어다녔다. 나 혼자 울고 있었다. 세상의 누구도 네로의 죽음을 슬퍼하지 않는 것처럼 보였다.

하지만 나의 슬픔은 그리 오래가지 않았다. 루벤스의 「세 여신」을 봤을 때 엄청난 희열을 느꼈다. 그것은 신열身熱이었고 사춘기의 시작이었다. 실오라기 하나 걸치지 않은 벌거벗은 세 여신. 홍조 띤 뺨, 매력적인 둔부, 미세하게 떨리는 잔근육 그리고 처진 살들. 세 여신을 통해 처음으로 나는 여인의 몸을 알았다. 고백하건대, 고등학교 1학년 때 학교 시청각실에서 몰래 본 영화 〈졸업〉의 로빈슨 부인의 무르익은 살을 보기 전까지 아무튼 세 여신의 살이 최고였다.

연애 소설 속 활자들이 인간의 몸을 어떻게 그려내고 있는지 알아보기에 앞서 살펴볼 두 단어가 있다. 몸body과 살flesh. 우리 대부분은 몸과 살이라는 두 단어를 구분하지 않고 사용한다. 하지만 몸은 많은 뜻을 가지고 있어, 여기저기에 사용하기에는 모호한 단어다. 몸이 크다(골격), 몸이 예쁘다(몸매), 몸이 좋다(근육), 그의 몸을 느꼈다(성기) 등 의미도 다양하다.

그에 반해 살은 과일 껍질 속 부드러운 물질처럼, 인간의 피부 아래 물렁한 물질을 의미한다. 동시에 명확한 신체 부위를 지칭한다.

연애 소설의 묘미는 인간의 살을 훔쳐보는 재미다. 어차피 연애 소설은 살에 대한 이야기일 수밖에 없고, 살을 얼마나 세련되게 묘사하느냐에 따라 그저 그런 통속 소설과 훌륭한 연애 소설로 나뉜다. 즉, 훌륭한 야한 영화[1]가 있는 것처럼, 훌륭한 야한 소설도 따로 있다는 말이다. 그 작품들은 왠지 여성적인 시선에서 여성의 살을 관찰하고 여성의 쾌감을 묘사한 느낌이 든다. 그저 그런 삼류 영화, 통속 소설과는 다른 차원에 있다.

하지만 연애 소설의 진정한 맛은 살을 훔쳐보는 쾌감보다 살을 느끼는 쾌감이다. 흥미롭게도 이미지보다 활자가 훨씬 시각적이다. 어릴 적에 지방 신문에서 훔쳐보던 연재소설(신문배달 아저씨가 오기를 기다렸던 적이 한두 번이 아니다), 고등학생 시절에 누군가 다 읽고 던져준 야한 소설책들. 주인공의 내적 욕망과 감정을 육화하는 데 있어 아무리 좋은 고화질의 카메라도 활자의 마력은 따라올 수 없다.

1 에이드리언 라인 감독의 〈나인 하프 위크〉나 〈언페이스풀〉, 리브 울먼 감독의 〈페이스리스〉 같은 작품들이다.

이미지가 인간의 몸을 12색 크레파스로 심심하게 그리고 있다면, 연애 소설은 인간의 살을 48색의 물감으로 생생하게 재현한다. 이미지는 보는 이의 상상력을 차단하지만, 연애 소설은 읽는 이의 상상력을 극대화한다.

물론 모든 이미지가 열등한 것은 아니다. 카라바조Caravaggio의 작품을 보면 알 수 없는 흥분을 느끼게 되는데 그 이유가 있다. 그는 몸의 화가가 아니라 살의 화가이기 때문이다. 그림 밖으로 터져 나올 것 같은 인간의 살. 육욕의 향연이다. 소설로 치자면 아나이스 닌, 마르그리트 뒤라스, 프랑수아즈 사강, 아니 에르노, 모니카 마론 등의 여성 작가가 살을 묘사하는 방식과 비슷하다. 그 여성 소설가들이 바로 카라바조이다.

물질의 관점에서 봐도 몸과 살은 다르다. 몸은 고체 상태에 고정되어 있는 반면, 살은 고체와 액체 상태를 오간다. 몸이 뜨거워졌다, 몸이 녹아버렸다라고 말할 때, 이때의 몸은 살을 가리킨다.

인간의 몸 구조는 공교롭게도 지각-맨틀-핵이라는 지구의 지각 구조를 닮았다. 단단한 암석으로 이루어진 지각crust이 살갗skin이고, 점성을 가진 맨틀mantle이 바로 살flesh이다. 마그마가 되어 지각을 뚫고 나오거니 대륙의 판을 움직이는 지구 내부의 맨틀, 이 생명력 넘치는 힘이 바로 인간의 살이다. 그래서 연애 소설을 읽는다는 것은, 화산 지대나 지진이 난 들판을 맨발로 걸어 들어가는 것과 같다.

"제 가슴에 작별 인사를 해주시겠어요?"

필립 로스의 소설『죽어가는 짐승』의 마지막. 칠십이 다 된 바람둥이 교수 데이비드에게 서른두 살의 젊은 연인 콘수엘라가 다시 찾아온다. 6년 전, 데이비드는 콘수엘라의 몸이 가장 찬란했을 때 그녀를 보았고, 그녀를 가졌다. 그리고 매력적인 그녀의 가슴을 예찬했다. 하지만 이제 유방암 수술을 앞둔 콘수엘라는 그 찬란한 가슴을 잃어야 한다. 콘수엘라는 데이비드에게, 당신만큼 내 몸을 사랑해 준 사람은 없었다고, 자기의 가슴을 만지면서 암을 느껴달라고, 그리고 그 순간을 사진으로 남겨 달라고 부탁한다. 데이비드는 그녀의 살을 만지며 암을 느끼고 죽음의 의미를 새긴다. 슈베르트의 음악 속에서 자신과 그녀의 모습을 사진기에 담는다.

스스로 죽어가는 짐승이라고 생각했던 데이비드는, 또 한 마리의 죽어가는 짐승 앞에서 시간의 흐름을 느낀다. 콘수엘라의 몸을 통해 얻는 삶의 깨달음이다. 그 깨달음은 이것이다. 섹스는 막강해서 시간을 멈추게 할 수 있지만, 죽음은 섹스보다 더 강하다. 단 한 순간도 죽음을 향한 인간의 항해는 멈출 수 없다. 이제 데이비드가 할 수 있는 것이라곤 머리털이 듬성듬성 빠진 콘수엘라의 머리에 키스를 하고, 또 키스하는 것밖에는 없다.

박범신의 『주름』에도 이와 비슷한, 좀 더 기괴한 장면들이 나온다. 암으로 죽어가고 있는 천예린과 여행하는 김진영. 그들의 마지막 안식처 바이칼 호수를 향한 여행이다. 예린의 죽음이 다가올수록 진영의 에로스는 더욱 강해진다. 그들의 섹스는 점점 변태적이고 폭력적으로 변한다. 그러던 어느 날 진영은 예린의 몸에 꽃처럼 퍼져 있는 종기의 피고름을 입으로 빨아낸다. 에로스(사랑의 신)로 타나토스(죽음의 신)를 멈추게 하려는 마지막 몸부림이다.

섹스가 죽음을 멈추게 할 수 있을까. 이 문제적 장면에 대해 혐오스럽다고 혹평한 독자도 많았다. 하지만 나는 이 장면을 이해한다고 감히 말하겠다.

인간의 삶과 관련해, 내가 품는 마지막 질문이 있다. '무슨 이유로, 수많은 타인의 살 중에서 어떤 살은 기억이 되고 또 어떤 살은 기억이 되지 못하는가?'라는 물음이다. 그 차이는 괴로움이다. 『죽어가는 짐승』의 주인공 데이비드는 콘수엘라를 가지는 순간에도 그녀를 잃을까 하는 두려움, 그녀를 예전에 가졌던 다른 젊은 남자들에 대한 질투를 느낀다. 다른 여학생들과는 달리, 콘수엘라의 몸은 데이비드에게 쾌락의 무게만큼 동일한 무게의 괴로움을 준다. 그리고 그 괴로움은 콘수엘라가 떠난 후에도 그녀를 못 잊는 애착의 형태로 그를 괴롭힌다.

데이비드가 혼잣말로 내뱉었듯, 포르노그래피 속 남성 배우에게는 질투를 못 느끼지만 자신의 포르노그래피 속에서는 괴로움을 느낀다. 기쁨과 쾌락만 주는 살은 결코 기억이 되지 못한다. 설사 기억이 된다고 해도 오래지 않아 다른 살로 대체되어 잊힐 수 있다. 하지만 쾌락과 괴로움을 동시에 주는 그 살은 영원히 기억으로 각인된다.

여자와 잔다는 것과 여자와 잠든다는 것의 차이에 대해, 밀란 쿤데라의 소설『참을 수 없는 존재의 가벼움』은 이렇게 말한다. 성교의 욕구(그녀와 잔다는 것)은 무수한 여자에게 해당되지만, 공동 수면의 욕구(그녀와 잠든다는 것)은 단 한 여자에게만 해당된다.

살도 마찬가지일 것이다. 쾌락의 순간에 질투를 주는 살, 떠나간 이후에도 애착을 남기는 살은, 스쳐 지나간 수많은 살 중에서 유독 그 살을 가진 사람을 사랑했고, 지금도 사랑하고 있다는 명백한 증거다. 유일한 살이 유일한 사랑이다.

가죽
skin

인간은 한 장의 가죽이다. 사랑은 그 가죽에 글자를 남긴다.

살을 이야기했으니, 다음은 껍질에 대해 말할 차례다. 먼저 제목만큼이나 기묘한 소설 한 편을 소개하고 싶다. 오노레 드 발자크의 소설 『나귀 가죽』이다.

젊은 귀족 라파엘은 도박장에서 전 재산을 잃고, 자살을 결심한다. 그런 그에게 골동품상 노인이 나귀 가죽 하나를 건넨다. 딱딱하면서도 부드럽고, 빛을 내다가도 빛을 삼키고, 물에 젖지도, 불에 타지도, 어떤 압력에도 손상되지 않는 신기한 가죽이다. 가죽 표면에는 산스크리트어로 이렇게 적혀 있다.

나를 가지면 네가 원하는 모든 것을 얻을 수 있다.

라파엘은 모든 소원을 이뤄 나간다. 하지만 소원을

하나 이룰 때마다 가죽의 크기도 줄어든다. 가죽이 줄어
드는 것을 막기 위해 라파엘은 안간힘을 써본다. 소원을
이루는 것보다 가죽 크기를 지키는 것이 목표가 된다.

나귀 가죽은 하나의 거대한 메타포다. 우연히 나귀
가죽을 얻은 라파엘처럼, 모든 인간은 태어나는 순간 정
확히 자기만 한 크기의 가죽을 얻는다. 그리고 그 가죽
을 쓰고 살아간다. 나귀 가죽이나 인간의 가죽은 상징
적으로 보면 생명이고, 물리적으로 보자면 수명이다.

가죽은 왜 필요할까. 욕망을 담기 위해서다. 인간
은 자기의 가죽 주머니에 욕망을 채우고, 그 주머니에
서 욕망이 출렁출렁 흘러 넘치도록 뛰어다닌다. 그게
삶이다. 하지만 소원을 이루면 작아지는 나귀 가죽처
럼, 인간의 가죽도 욕망이 들고 날수록 점점 쪼그라든
다. 죽음의 순간, 내부의 모든 것이 빠져나가 쪼그라든
가죽 한 장이 되는 존재가 바로 우리 인간이다.

이 지점에서 인간에게는 두 가지 선택이 있다. 가죽
을 온전히 오래도록 지키기 위해 욕망 없는 삶을 살 것
인가, 아니면 샘솟는 욕망을 기꺼이 가죽과 맞바꾸는

뜨거운 삶을 살 것인가. 죽지 않기 위해 이미 죽어 있는 삶을 선택할 것인가, 아니면 당장 죽더라도 매 순간 살아 있는 삶을 선택할 것인가.

모든 욕망에는 원시적인 구석이 있다. 사랑을 다짐한 연인들은 서로의 이름을 세상 어딘가에 새기고 싶어 한다. 수만 년 전 동굴 벽에 자신을 그려 넣었던 이들처럼. 현대인도 마찬가지다. 주점 벽지에 이름과 헤어지지 않겠다는 다짐을 적어 두기도, 자동차 트렁크 위에 영어 이니셜과 하트 스티커를 붙여 두기도 한다. 심지어 어떤 연인들은 피렌체 대성당에 이름을 적어 놓는 만용을 부린다.

비슷한 욕망에서 자신의 가죽에 연인의 이름을 타투로 새기는 이들도 있다. 인간의 가죽이 동굴 벽이 되고, 벽지가 되고, 대리석이 되는 것이다. 살갗이 찔리는 고통을 감수하더라도 현재의 사랑을 영원히 남기고 싶은 원시적 욕망이다. 사랑이 끝나면 사람도 떠난다. 하지만 타투는 남는다.

보이는 타투만 존재하는 것은 아니다. 보이지 않는

타투도 존재한다. 기억이 된 사랑은 한 사람의 몸에 보이지 않는 타투를 새겨 놓는다. 한 사람 인생에서 사랑은 단 한 번만 오는 것이 아니기에, 인간의 몸에는 다른 시간, 다른 사랑이 남긴 글자들이 여러 겹으로 포개져 쓰여 있다. 새로운 사랑이 고통스런 까닭은 지나간 사랑 위에 쓰이기 때문이다.

무라카미 하루키의 『상실의 시대』를 펼쳐 본다. 주인공 와타나베는 자살한 친구 기즈키가 남겨 둔 나오코를 사랑하고 욕망한다. 하지만 나오코는 정상적인 섹스를 할 수 없다. 불감증 때문이다. 나오코의 몸에는, 그녀가 사랑했지만 자살로 떠나버린 두 사람의 이름이 새겨져 있다. 자신의 언니와 남자 친구. 나오코는 점점 더 깊은 숲(숲은 실제로 요양원이 있는 숲이기도 하고, 상징적인 의미의 숲이기도 하다)으로 들어간다. 와타나베는 그런 나오코를 구원해야 한다는 마음으로 그녀를 찾아간다. 하지만 와타나베는 끝내 나오코를 숲 밖으로 데리고 나오지 못한다. 『상실의 시대』[2]는 슬

2   이런 의미에서 『상실의 시대』라는 제목보다 원제 『노르웨이의 숲』이 정확한 제목이다.

픈 이야기다.

　팔림프세스트palimpsest라는 낯선 단어가 있다. 나귀 가죽처럼 흔히 볼 수 있는 물건이 아니기에, 딱 떨어지는 우리말은 없다. 종이가 대중에게 보급되기 전 동물 가죽 위에 글씨를 썼던 시절이 있었다. 당시 무두질하여 만든 이 부드러운 가죽 또는 가죽 위에 쓰인 글자를 팔림프세스트라 불렀다. 고대의 파피루스에 비해 팔림프세스트는 질기고 양면을 쓸 수 있다는 점에서는 우월했지만, 만들기 까다롭고 비싸서 소수의 전유물이었다. 특히 송아지 가죽으로 만든 최고급 가죽 벨럼vellum은 성경을 쓰는 데 이용되기도 했다.

　팔림프세스트가 가진 단점은 쓸 수 있는 글자 수에 한계가 있었다는 점이다. 이미 글자로 채워진 팔림프세스트에 새로운 글자를 쓰기 위해서는 기존 글자를 긁어 지우거나 희미해진 글자 위에 덮어쓰는 방법밖에 없었다. 조명을 비춰 보면 글자 아래 희미한 글자들이 있다. 이런 점에서, 글자를 새기는 팔림프세스트는 사랑을 새기는 인간의 가죽과 비슷하다.

팔림프세스트의 사랑을 생각해 본다. 깊은 숲으로 들어가버린 나오코. 와타나베에게 그런 나오코와의 섹스는 어떤 의미를 가지고 있었을까. 무슨 이유로 와타나베는 정신적으로 고통받는 이의 몸을 원했을까. 결코 자신의 육체적 욕망을 채우기 위해서가 아니었다. 나오코와의 섹스는 나오코의 살갗, 즉 그녀의 팔림프세스트에 남겨진 언니와 남자 친구의 글자를 지우고 그 위에 새로운 글자를 쓰려는, 한 인간을 구원하고자 하는 행위라고 나는 생각한다.

무라카미 하루키가 말했던 것처럼, 『상실의 시대』는 사람이 사람을 사랑한다는 것이 무엇인가를 묻는, 명료한 작품이었다.

마르그리트 뒤라스의 『연인』도 팔림프세스트의 관점에서 읽어보면 흥미롭다. 소설의 첫 문장, 어린 소녀는 자신이 열여덟 살에 이미 돌이킬 수 없이 늙어버렸다고 말한다. 그녀를 늙게 만든 것은 무엇이었을까. 오랫동안 나는 이 문장의 뜻을 오해했다. 열두 살이나 많은 중국인 남자와의 섹스가 어린 그녀를 조숙하게 만들었다고 생각했다. 하지만 그녀를 늙게 만든 것은 섹스가 아니다. 가족들이다. 프랑스 식민지 땅에 정착하고자 했으나 실패한 어머니, 아편과 폭력의 힘으로만 살아가는 큰오빠, 큰오빠의 야만에 무기력하기만 한 작은오빠. 소녀의 살갗에는 이런 비극적인 현재가 거친 글자로 마구 새겨져 있다. 그래서 소녀는 열여덟 살에 이미 늙어버린 것이다.

섹스와 가죽. 붓과 종이처럼 섹스는 인간의 가죽 위에 글자를 새긴다. 소녀는 용기를 내어 자신의 몸에 새로운 글을 쓰기 시작한다. 그것은 대낮 사이공 촐론 지역의 컴컴한 방에서 쓰는 대담한 글쓰기다. 자신의 가죽에 남아 있는 글자 위에 새로운 글자를 한 자 한 자 새기는 행위는 고통스럽다. 하지만 그것은 열여덟 소녀가 그녀만의 새로운 삶으로 나아가려는 하나의 의식이다.

소설의 마지막 페이지를 덮을 때 나는 비로소 뒤라스의 『연인』은 종이 위에 쓰인 소설이 아님을 알았다. 『연인』은 소녀의 살갗에 새겨진 아름다운 팔림프세스트다.

향기
scent

그 사람은 잊을 수 있지만, 그 사람의 향기는 잊을 수 없다.

좀 이상하게 들리겠지만, 나는 20여 년 전 만났던 그녀의 향수 냄새를 아직도 정확하게 기억한다. 놀랍고 변태스러운가. 정확하게 기억하고 있다지만, 사실 그 향수의 이름을 모르기 때문에 뭐라 설명할 수 없다. 알고 있지만 설명할 수는 없다. 아주 가끔 길거리나 지하철에서 우연히 그 향기와 만난다. 조금의 주저함도 없이 몸이 먼저 반응한다. 향기 나는 방향으로 고개가 돌아가고 코가 씰룩거린다. 순식간에 그 향기는 20년 전 그 여름밤으로 나를 데려간다.

살아 있는 것들은 향기를 가진다. 죽었던 것, 사라진 것들도 향기를 품으면 다시 살아난다. 마르셀 프루스트는 『잃어버린 시간을 찾아서』에서 맛과 향기는 인간의 영혼처럼 오래도록 자리를 지킨다고 말했다. 시간 속에서 사람은 죽고 사물은 부서지지만, 오히려 맛과 향기처럼 연약하고 비물질적인 것이 물질들보다 더 오래 남아 있고, 그래서 더 진실에 가깝다고 했다.

그나마 맛은 말로 설명할 수 있지만, 향기는 맛보다 더 추상적이어서 말로 설명하는 데 한계가 있다. 누구나 기억하는 좋은 냄새는 있다. 고기 굽는 냄새, 비에 젖은 풀 냄새, 햇볕에 잘 마른 이불 홑청 냄새는 설명을 듣는 순간 모든 이가 느낄 수 있다. 하지만 병에 담겨 있는, 맡아본 적 없는 이국의 꽃과 나무 향을 섞어 만들어낸 향기는, 성분을 들여다보고 설명을 듣는다고 해도 상상조차 할 수 없다.

향기를 표현할 수 없는 영화와 TV에 비해, 잘 쓰인 연애 소설은 그만의 방식으로 향기를 담아낸다. 파트리크 쥐스킨트의 소설 『향수』를 읽으면 18세기 파리 길바닥의 악취, 인간의 살 냄새, 프로방스의 꽃 향기가 후각을 정신없이 자극한다. 심지어 센강의 비린 물 냄새도 느껴질 정도다. 이 모든 냄새와 향기는 쥐스킨트의 또렷하고 명징한 단어들이 어우러져 만들어낸다.

에밀 졸라의 소설 『목로주점』이나 샤를 보들레르

의 시집 『악의 꽃』도 엄청난 향기를 뿜어내기는 마찬가지다. 흥미롭게도 모두 파리를 배경으로 한 작품들이다. 그리고 향기가 나는 또 한 편의 연애 소설로, 현대 파리를 배경으로 한 엠마뉘엘 베른네임의 『금요일 저녁』을 빠뜨릴 수 없다.

여주인공 로르는 이삿짐 앞에 서 있다. 내일이면 그녀는 8년 동안 살던 집을 떠나 남자 친구 프랑수아의 집으로 이사 갈 예정이다. 매리지 블루marriage blue와 비슷한, 왠지 허전한 마음이 드는 그녀는 친구 마리의 집으로 차를 몰고 가고 있다. 하지만 지하철 파업 때문에 파리 시내 교통 체증이 심하고 자동차들은 거의 움직이지 않는다. 우연히 로르는 손을 흔드는 한 매력적인 남자를 태운다. 검은 터틀넥 스웨터를 입은 프레데릭이라는 이름의 남자.

로르는 프레데릭의 가죽 점퍼, 담배 냄새, 향수가 섞인 남자의 냄새에 가슴이 뛴다. 그녀 대신 차를 몰던 그가 목적지에 내렸을 때 로르는 남자의 어깨, 가슴, 옆구리를 팽팽하게 감싸던 안전벨트에서도 그의 향기가 남아 있음을 느낀다. 그녀는 핸들, 스위치, 변속 기어 레버에 남은 그 남자의 냄새를 들이마시면서 그의 손이 닿았던 핸들을 천천히 문지른다. 그리고 그 손을 자신의 입술에 댄다. 그의 냄새, 그의 맛이다. 로르는 그를 쫓아간다. 금요일 저녁, 로르는 그날 처음 본 프레데릭과 낯선 식당에서 저녁을 먹고 낯선 호텔에서 사랑을 한다.

눈치챘겠지만, 『금요일 저녁』은 사랑이 무엇이라고 말하지 않는 소설이다. 그저 사랑만 하는, 무겁지 않은 연애 소설이다.

소설 속 자동차는 향기를 품는 공간이다. 인간이 들어가는 밀폐된 작은 공간이기 때문일까. 마르그리트 뒤라스나 프랑수아즈 사강의 소설에서도 자동차는 중요한 장소다. 호기심과 두려움을 동시에 자극하는 낯선 사람의 자동차. 그 자동차 속으로 들어가는 행위에는 의미가 있다. 자동차의 문은 낯선 세계로 들어가는 관문이다. 그리고 문을 연다는 것은 낯선 그와의 모험을 감행하겠다는 일종의 수락이다. 앉는 순간 코끝을 덮치는 낯선 향기는 두려움 대신 그리움의 감정을 선사한다. 한 번도 보지 못한 세계였지만, 이미 그리워진다.

뒤라스의 소설 『연인』의 소녀도 중국인 남자의 검은 리무진에 올라탄다. 그에게서는 영국제 담배, 비싼 향수, 실크 냄새가 난다. 사강의 소설 『브람스를 좋아하세요…』의 폴 역시 어린 남자 친구 시몽의 차에 올라탄다. 차 안으로 들어갈 때 스타킹이 찢어지는 불쾌함도 있었지만, 폴은 금세 시몽의 차에 익숙해진다. 또 사강의 두 번째 소설 『어떤 미소』의 도미니크 역시 뤽으로부터 운전 연습을 배우면서 그를 느낀다.

좁은 공간에서는 향기와 체취뿐만 아니라 육체적 마찰도 발생한다. 기어를 넣는 손이 옆에 있는 이의 무릎을, 벨트를 매어주는 손은 허리를 스친다. 귓불, 옆얼굴, 벌어진 옷깃 사이로 보이는 목의 힘줄, 미세한 팔 근육 등, 훔쳐볼 수 있는 부위도 많다. 스침과 훔쳐봄은 향기와 어우러져 잊을 수 없는 기억으로 남는다.

백화점 1층을 차지하는 향수 가게처럼, 연애라는 건물의 1층은 향기가 차지한다. 연애 초기, 연인들이 향수를 선물하는 까닭이다. 그에게 선물할 향수를 고르는 이는 상상한다. 자신이 고른 향기가 그의 살에, 그의 맥박이 뛰는 부위에 뿌려지고, 크고 작은 움직임을 통해 그 향기가 주변 공기 속으로 퍼져 나가는 모습을. 그리고 그와 헤어져 돌아왔을 때 그 향기가 어느새 자신의 몸에 배어 있음을 깨닫는다. 이처럼 향수의 묘미는 그에게 뿌려져 내게 돌아온 잔향이다.

돌아온 모든 잔향은 기억이 된다. 그래서 사람은 잊을 수 있지만, 향기는 잊을 수 없다.

침대
bed

연인들의 천국, 하지만 빛이 절반밖에 들지 않는 어둠의 낙원.

누군가 내게 물어볼 것이다. 좋아하는 최고의 연애 소설은 무엇인가요? 대답할 수 있다. 그렇다면 도대체 연애 소설이란 무엇인가요? 그 질문은 좀 어렵다. 따라서 미리 알쏭달쏭한 모범 답안을 준비해 둔다. 그리 넘치지도, 부족하지도 않을 정의다.

"연애 소설은 작품 어딘가에 침대가 반드시 존재합니다."

호텔을 고를 때 사람들은 뷰view에 돈을 쓴다. 물론 나도 그렇다. 하지만 아쉽게도 뷰의 매력은 허무할 정도로 짧다. 문을 열고 들어가, 창밖을 내다보고, 감탄하고, 바로 커튼을 친다. 그리고 하얀 침대 위로 몸을 던진다. 어차피 호텔은 눈감고 잠자는 공간이다. 한때는 프랑스 앙티브나 에즈, 그리스 산토리니의 호텔을 선망했지만, 사실 기억에 남는 호텔은 베딩bedding이 좋은 호텔이다.

침대가 등장하는 소설은 야하다. 침대를 연인들의 동굴로, 정사의 캔버스로 멋지게 그려내는 작가는 단연 프랑수아즈 사강이다. 『어떤 미소』의 주인공 도미니크는 남자 친구 베르트랑의 삼촌인 40대 유부남 뤽과 사랑에 빠진다. 막장 드라마의 원조라 할 수 있다. 두 연인은 프랑스 남부 칸으로 여행을 떠난다. 크루아제트 대로에는 대리석 궁전 같은 칼튼 호텔이 서 있다. 도미니크와 뤽은 그 고풍스런 칼튼 호텔에서 2주를 보낸다.

도미니크가 누워 있는 하얀 침대 시트는 짙푸른 지중해, 붉은 바위, 노란 모래사장과의 대비 속에서 감각적으로 그려진다. 하얀 시트는 하얀 블랙홀처럼 모든 것을 빨아들인다. 육신이 꿈틀거리고 뒤틀린다. 시간은 멈춰 오직 현재만이 존재하는 세상. 어차피 용납될 수 없는 사랑, 지속될 수 없는 사랑이기에 도미니크는 절망과 불안이라는 연료를 육체라는 엔진에 집어넣는다. 하얀 침대 시트가 펄럭이는 패배의 백기라 할지라도.

　침대 시트는 연인들을 몰래 훔쳐보고 엿듣는다. 섹스의 유일한 목격자다. 그 얼굴 없는 목격자의 몸에 연인들의 흔적은 고스란히 남는다. 격렬한 움직임은 주름으로, 머리카락이나 피부 부스러기는 미세한 오브제로, 향수와 땀냄새는 향기가 된다. 빳빳했던 캔버스가 어느새 한 폭의 추상화가 된다.

　모니카 마론의 소설 『슬픈 짐승』에도 잊지 못할 침대 시트가 등장한다. 기억을 잃어버린 여주인공은 연인과 마지막으로 누웠던 침대 시트를 펼친다. 프란츠의 머리카락 한 올, 피부 부스러기 한 점도 잃지 않기 위해 장롱 안에 소중히 보관한다. 수십 년 동안 빨지 않은 그 검은색 시트에는 빨강, 초록, 보라색의 큰 꽃들이 프린트되어 있다. 거기에는 프란츠의 정액 흔적도 희미하게 남아 있다. 그것은 푸들 같기도, 변화무쌍한 구름 같기도 하다. 그녀는 옷을 벗고 펼쳐 놓은 그 침대 시트에 조심스럽게 몸을 올린다. 마치 밀교 의식 같다.

섹스는 시간을 멈추고 연인들을 짐승으로 만든다. 모든 것을 망각한 짐승. 연인들이 섹스를 마치고 함께 누워 천장을 바라볼 때 비로소 시간이 흐른다. 두고 온 과거가 돌아오고 불안한 미래가 다가온다. 그 불안하고 나른한 시간 속에서 연인들은 비로소 서로에게 말을 건다. 사랑한다 말하고, 사랑하느냐고 묻는다. 낮고 어두운 천장이 그들의 창공이지만 사랑은 감미롭다. 고개를 돌리면 창밖 푸른 하늘이 펼쳐져 있다. 푸른 하늘과 어두운 창공 사이에서 벌거벗은 짐승들은 불현듯 슬픔을 느낀다.

온기
warmth

몸의 열기가 침대에 남긴 흔적. 순식간에 식어 사라진다.

방문이 닫힌다. 문이 닫히면 지금 여기now here의 천국은 가뭇없이 사라진다nowhere. 정적이 흐른다. 남겨진 자는 이불 속을 떠나지 못한다. 그는 손을 뻗어 침대 위에 남겨진 떠난 이의 온기를 느낀다. 온기는 그 사람이 여기 있었다는 행복한 증거다. 하지만 이 존재의 증거는 부재의 증거로 서서히 바뀐다. 그 사람은 더 이상 여기에 존재하지 않는다. 식어가는 온기처럼 그의 사랑마저 사라질지, 웅크린 자는 문득 불안해진다. 불안은 행복 바로 뒤에서 따라온다.

연애 소설은 아니지만, '온기' 하면 떠오르는 단편 소설이 하나 있다. 이탈로 칼비노의 소설집 『힘겨운 사랑Difficult Loves』에 나오는 「어느 신혼부부의 모험」이다.

갓 결혼한 아르투로와 엘리데는 둘 다 공장에서 일

한다. 남편 아르투로는 야간 근무 때문에 저녁에 출근하고, 엘리데가 깨어나는 아침 7시쯤 집으로 돌아온다. 매일 아침 잠이 덜 깬 엘리데는 아르투로를 껴안고 그가 입은 점퍼의 습기와 냉기로 바깥 날씨를 파악한다. 욕실에서 이를 닦고 세수를 하면서 둘은 서로의 몸을 느끼지만, 주어진 시간은 너무 짧다. 엘리데는 출근해야 한다.

그녀가 출근한 직후 아르투로는 엘리데가 누웠던 오목한 빈자리에 몸을 누이고, 그녀의 베개에 얼굴을 묻고 잔다. 온기와 향기 속에서 그녀가 느껴진다.

다시 저녁이 오고, 엘리데는 아르투로와 짧은 저녁을 먹는다. 아르투로가 출근하고 엘리데는 잠자리에 든다. 발을 뻗어 아르투로의 빈자리를 더듬는다. 차갑다. 아르투로가 자기 자리에 누워 잤다는 사실을 깨닫는다. 엘리데는 더없이 행복해진다.

아르투로와 엘리데는 조금씩 사라지는 온기 위에 육신을 누이고, 돌아올 상대를 위해 온기를 남긴다. 비어 있는 자리지만 상대가 있었다는 느낌 하나만으로 그들은 한없이 행복해진다. 연애 소설은 아니라고 했지만, 여느 연애 소설보다 감미롭다.

하지만 모든 연인이 상대가 남긴 침대 위 온기를 느낄 수 있는 것은 아니다. 홀로 식어가는 침대도 있다. 앤드루 포터의 소설 「빛과 물질에 관한 이론」의 마지막에는 잊히지 않는 장면이 있다.

브라운대 물리학도 헤더는 기말고사 시험이 끝난 뒤 로버트 교수로부터 티타임 초대를 받는다. 디랙 방정식Dirac's Equation 문제를 포기하지 않고 끝까지 시험장에 남아 있었다는 이유 하나다. 헤더는 자신 앞에서는 왠지 불안해하고 부끄러워하는 그를 보며 가슴속 따뜻한 일렁임을 느낀다.

일주일에 한 번, 물리학을 가르쳐줄 테니 그녀의 삶에 대해 이야기해 달라고, 로버트는 제안한다. 그 편안하고 평온한 만남이 우정 이상으로는 가지 않을 것임을 알면서도, 헤더는 죄책감을 느낀다. 남자 친구 콜린에게는 로버트의 존재, 로버트와의 지속적인 만남을 이야기하지 않는다. 그녀의 손에는 로버트가 쥐어준, 한국 식당 2층 허름한 그의 아파트 열쇠가 있었으므로.

언젠가 자신의 아버지처럼 의사가 될 콜린. 게다가

학교 대표 수영 선수로 젖은 머리카락, 소독약 냄새 풍기는 살을 가진 매력적인 남자 콜린은 헤더에게 완벽한 결혼 상대다. 언젠가는 콜린과 결혼하게 될 것이라는 확신을 가지면서도, 헤더는 그 확신이 사랑과는 다른 감정임을 안다. 그리고 로버트와의 만남이 콜린에게는 배신임을 느낀다.

로버트와 헤더의 대화는 물리학을 넘어 개인의 내밀한 영역으로 스민다. 우정을 넘어 다음 단계로 갈 수도 있음을 두 사람은 느끼지만, 로버트는 주저한다. 이 만남 때문에 언젠가 헤더가 자신을 미워하게 될까 봐 두렵다고, 로버트는 말한다. 헤더가 대답한다. 자신은 로버트를 미워하지 않게 될까 봐 두렵다고. 로버트는 사랑 후에 다가오는 이별의 비루함을 잘 알고 있었고, 헤더는 시작되는 사랑이 두려운 나머지 스스로 선택하는 이별의 비겁함을 거부하고 있다.

로버트와 헤더가 바에서 반쯤 취한 상태로 손을 잡고 있는 모습을, 우연히 콜린이 보게 된다. 그날 밤 헤더는 콜린에게 더 이상 로버트를 만나지 않겠다고 약속한다. 이후 헤더는 이별을 통보하기 위해 로버트를 만난다. 열쇠를 되돌려주는 헤더의 목에 로버트는 처음이자 마지막 키스를 한다. 림프 종양으로 로버트가 죽었다는 소식을 헤더가 우연히 듣게 된 때는, 그로부터 4년이 지난 후였다. 헤더는 뜰로 나가 혼자 통곡한다.

소설의 마지막, 헤더가 아무에게도 이야기하지 않은 비밀이 드러난다. 로버트와 결별하기 전, 단 한 번 헤더는 로버트와 사랑을 나누겠다는 결심을 한다. 저녁 수업을 마치고 돌아올 로버트를 만나기 위해, 그의 아파트로 몰래 들어간다. 로버트의 와인을 마시고, 옷을 다 벗고, 침대 안에서 그를 기다린다. 하지만 무슨 일인지 그날 밤 로버트는 오지 않는다. 헤더는 어둠 속에서 깨닫는다. 언젠가 자신이 로버트를 떠나게 되리라는 사실을 예감한다.

상상해 본다. 그 밤, 헤더가 로버트의 방을 나선 후, 로버트 침대에 남긴 그녀의 온기를. 그 온기는 금세 사라졌을 것이다. 그리고 헤더가 기다렸다는 사실도 모른 채 로버트는 평상시처럼 그 침대에 몸을 뉘었을 것이다. 헤더의 온기가 사라진 그 침대 속을 로버트의 온기가 조금씩 채웠을 것이다. 끝내 만나지 못한 온기와 온기. 어느 시구처럼, 이루지 못한 인간의 꿈은 언제나 슬프다.

방
room

연인들은 세상과 완벽한 차단을 원한다. 방파제의 끝.

아주 늦은 밤이나 새벽, 외국의 낯선 도시에 혼자 도착할 때가 있다. 모두 잠들어 있는 시각. 어두운 복도를 지나, 손에 쥔 카드에 적힌 번호를 찾아 두리번거리다, 마침내 일치하는 문 앞에 멈춰 선다. 금방이라도 쓰러질 것 같은 피곤한 여행자가 유일하게 원하는 것은, 음식을 먹거나 욕조에 들어가거나 옷을 갈아입는 것이 아니다. 본능적으로 커튼을 치고 옷을 남김없이 벗는다. 다음 날 아침, 하얀 시트 위에 벌거벗은 짐승을 발견하고 놀란다. 그리고 커튼을 열어젖혔을 때 창밖에 펼쳐진 낯선 풍경에 다시 한 번 놀란다.

자정의 연인들은, 빛과 소리가 새지 않는 밀폐된 공간을 원한다. 조리개 사이로 스미는 빛처럼 연인들은 잽싸게 방으로 들어간다. 그리고 침대라는 필름 위에 그들의 모습을 남긴다. 밤은 짧다. 금세 동이 터 온다. 그 빛에 하얀 시트 위 연인들은 한 장의 사진으로 인화된다. 또렷하거나 희미하거나. 카메라camera의 어원이 라틴어로 방이라는 사실 또한 공교롭다.

한낮의 연인들이 꿈꾸는 방은 다르다. 밝으면서 어두워야 하고, 들을 수 있으면서도 들려서는 안 된다. 개방성과 폐쇄성을 동시에 가진 이중적인 공간이다. 누군가 말했듯, 소란스런 골목길에 있는 아늑한 호텔 2층 방이 한낮의 연인들에게는 최고의 공간이다. 그 묘한 감정을, 나는 피렌체 기차역 앞 작은 호텔에서 느꼈다.

창문을 열면 토스카나의 햇살이 바로 내리꽂히지만, 실눈 뜬 우드 블라인드가 창밖 거리를 훔쳐보는 벌거벗은 몸뚱이를 숨겨주었다. 악쓰며 친구를 쫓아가는 꼬마 아이들, 돌 바닥에 부딪쳐 따각거리는 하이힐, 점심 식사에 맞춰 등장한 나무 탁자 끄는 소리가 벽을 타고 생생하게 올라왔다. 방문을 열고 계단 한 층만 내려가면 언제든지 인파에 섞일 수 있었다. 세상과 완벽하게 차단되었지만, 나는 세상 안에 있었다.

　정영수의 소설 『내일의 연인들』에서도 이런 느낌을 주는 공간이 나온다.

　주인공 정안은 엄마 친구 딸인 선애 누나가 살던 남현동의 한 빌라로 이사 간다. 이혼한 선애는 신혼 때부터 살던 그 집을 내놓고 다른 곳으로 거처를 옮긴다. 집 보러 오는 사람들을 놓치지 않기 위해, 선애가 정안에게 그 집을 맡긴 것이다. 생각지 않았던 아늑한 공간을 얻은 정안은 여자 친구 지원과 그 집에서 첫 섹스를 하고 아침도 함께 먹는다. 모텔의 유혹을 뿌리쳤던, 단정한 연인은 선애 부부의 흔적이 고스란히 남아 있는 빌라에서 신혼부부인 듯한 행복감에 사로잡힌다. 정안과 지원, 이 내일의 연인은 햇볕과 풀벌레 소리가 새어드는 밝은 방에 누워 있다.

　하지만 정안은 불현듯 느낀다. 자신과 지원은 선애 누나 부부의 유령이 아닐까. 이제 뭔가 시작했는데, 감당할 수 없는 시간이 몰려드는 느낌을 받는다. 각자 가족이라는 굴레에서 자기와 지원을 구원해 준 이 연애가, 결혼의 일상 속으로 들어가는 순간 어떤 부조리한 힘에 의해 산산이 부서질 수 있다고, 정안은 어렴풋이 예감한다.

정안과 지원이 누워 있는 풍경은 「철학으로의 여행 Excursion to the Philosophy」이라는 제목을 가진 에드워드 호퍼Edward Hopper의 그림과 겹쳐진다.

두 남녀가 침대에 있다. 정사는 끝났다. 기울어진 오후 햇살이 창으로 환하게 새어 들어온다. 조금 전까지만 해도 우드 블라인드는 감미로운 어둠을 만들어 냈을 것이다. 붉은 슬립을 입은 여자는 등을 돌린 채 침대에 누워 있다. 왼쪽 발을 오른쪽 다리 위에 조심스럽게 올린 것으로 보아, 잠에 든 것 같지는 않다. 엉덩이가 그대로 드러난 그녀와는 달리, 이미 옷을 차려입은 남자는 그녀와 등을 맞댄 채 침대에 걸터앉아 있다. 그는 헤어지자는 말을 했을까, 떠나라는 말을 들었을까.

침대 위에는 책 한 권이 생뚱맞게 펼쳐져 있다. 펼쳐진 책의 모양이 여성의 엉덩이를 묘하게 닮았다. 육체(엉덩이)와 정신(책), 세속과 철학의 데칼코마니 décalcomanie다. 다시 생각해 보니, 「철학으로의 여행」은 잘 지은 제목이다.

뒤라스의 『연인』에 나오는 방은 더욱 매력적이다. 베트남 사이공의 중국인 거리 촐론Cholon. 거리의 소음이 들리는 어두운 방 안에 열다섯 살 소녀가 스물일곱 살 중국인 남자와 함께 누워 있다. 소녀는 묻는다. 이처럼 슬픈 감정이 드는 것이 자연스러운 것이냐고. 그는 말한다. 한낮에, 가장 더운 시간에 사랑을 나누었기 때문에 슬픔을 느끼는 것이라고. 밤이 오면 그 슬픔은 이내 사라질 것이라고 소녀를 달랜다.

그들의 밀회는 촐론의 독신자 아파트에서 이루어진다. 면으로 된 발과 나무 문살이 있는 덧창이, 벌거벗은 연인을 세상과 분리시킨다. 행인들의 발걸음, 상인들의 대화, 음식 냄새, 거리의 먼지가 새어 들어온다. 밖에서 움직이는 실제 인간들이 오히려 영화 속 유령, 차창 밖 사람 같다. 소녀에게 방 안은 하나의 영화관이자 어디론가를 향해 달리는 객차 안이다.

연애의 장소, 연인들의 공간과 관련해 흥미로운 사실이 있다. 연애를 갓 시작한 연인들은 왜 기차역, 영화관, 카페, 야구장과 같은 공간을 선호할까.

그런 공간들은 마르크 오제Marc Auge의 개념으로 보자면 비공간Non-places이다. 공간이 되지 못한 비공간. 비공간은 인간적인 관계를 맺는 장소가 아니라 신분

중, 아이디, 표가 있어야 통과할 수 있는 공간이다. 익명의 존재로 물결 속에 흘러 다녀야 하고 철저하게 소외될 수밖에 없는 공간이다. 그런 이유에서일까. 스펙터클한 비공간에서 연애를 시작한 연인들은 점차 은밀한 방을 바라게 된다.

그렇다면 비공간인 기차역에서 은밀한 방을 구한 런던의 두 연인은 어떨까. 여행사에 다니는 마흔 살 유부남 노먼은 스물여덟 살 육감적인 약국 직원 마리에게 호감을 느낀다. 노먼은 매일 런던 패딩턴 역에서 레딩Reading으로 퇴근하는 마리와 헤어지는 일이 점점 힘들어진다. 엘비스 프레슬리의 노래 가사 "Take my hand, Take my whole life, too"가 들리던 1963년 초, 그들의 연애는 시작된다. 윌리엄 트레버의 단편 소설 「그 시절의 연인들」이다.

마리를 배웅하고 돌아오던 노먼은 우연히 패딩턴 역내에서 호텔 입구 사인을 보게 된다. 의외의 장소였다. 단 하룻밤이라도 마리와 함께 지내고 싶었던 노먼은 호텔 여기저기를 돌아다니다 아무도 찾지 않는 욕실 하나를 발견한다. 각방에는 이미 욕실이 딸려 있었기 때문에 이 공동 욕실을 찾는 이는 없었다. 노먼은 마리를 그곳으로 초대한다. 주저하던 마리도 이내 그곳에서의 밀회에 익숙해지고 어느새 마리는 출퇴근 가방 속에 젖은 타월을 넣고 다니게 된다. 노먼과 마리는 욕실에서 사랑을 나눈다. 와인을 마시고, 스페인의 도시, 그리스의 섬, 페르시아 유적지로의 여행을 꿈꾼다. 엘비스 프레슬리의 노래가 비틀스의 노래로 바뀌는 3년 동안, 다행히 그들의 연애는 들키지 않는다.

방파제 끝에서 바다를 내려다보면 누구라도 무서움을 느낀다. 거친 바다가 검은 입속을 드러낸다. 그곳은 뭍의 인간이 서 있을 수 있는 마지막 땅이다. 세상의 시선에서 연인들을 지켜주는 방은, 방파제 끝에 있다. 그 방에서 연인들은 고백하고, 사랑하고, 미래를 예감한다. 들어오는 문은 방파제 쪽으로 나 있지만, 나가는 문은 바다를 향해 있다. 저 문을 열어젖히면 바로 바다다. 그들을 기다리고 있는 것은 오직 바닥이 없는 검은 심연abyss뿐이다.

섹스
sex

누군가에게는 시작, 누군가에게는 끝. 누군가에게는 천국, 누군가에게는 지옥. 그것을 결정하는 것은 그 자신이 아니라 그가 살아가는 시대다.

흔히 연애와 사랑은 같은 뜻을 가진 단어로 생각한다. 하지만 육체적 행위나 관계를 의미하는 연애affair는 감정 상태인 사랑love과는 엄연히 다른 개념이라고, 나는 생각한다. 동의하지 않는 사람들도 있겠지만, 그런 생각이 가끔 들곤 한다. 연애와 사랑이 비슷하게 느껴지는 까닭은, 연애와 사랑 사이에 섹스가 끼어들기 때문이라고.

연애의 정점은 섹스다. 연애의 본질도 섹스다. 섹스 이전의 연애와 섹스 이후의 연애가 다르고, 섹스가 만족스런 연인들과 그렇지 않은 연인들이 같을 수 없다. 연인들은 섹스라는 행위를 통해 사랑으로 성큼 다가간다. 하지만 섹스는 죄의식을 동반한다. 예전부터 육체는 정신에 비해 천박하거나 열등하다는 경멸을 받아왔다. 육체적 욕망을 존재하지 않는 것처럼 취급하는 가식의 시대가 있었고, 육체적 타락과 방종을 철저히 숨기는 위선의 시대도 있었다.

심지어 인간의 성욕을 악마의 음욕으로 부르던 시대도 있었다. 19세기 말과 20세기 초반의 소설에서, 성욕을 품은 인간을 악마화하는 경향은 두드러지게 나타난다. 남자를 유혹하는 치명적인 여성들을 주인공으로 한 쥘 바르베 도르비이의 소설집 『악마 같은 여인들Les diaboliques』(1874), 성욕을 참을 수 없어 끝내 자살하는 한 남자가 주인공인 톨스토이의 단편 「악마」(1889), 편집광적인 열여섯 소년의 성적 모험을 가감 없이 보여주는 레몽 라디게의 『육체의 악마』(1923) 등은 그런 시대정신을 반영한다.

이 작품들 속에서 육체적 욕망은 비도덕적인 충동, 반인간적인 악령으로 그려진다. 심지어 톨스토이는 자신이 살아 있을 때 소설 「악마」가 출간되기를 주저했고, 의자 천 속에 숨겨 두었다는 일화도 있다.

그녀를 안아
꼭 껴안으면
그녀 가슴이 납작하게 눌리고
그녀의 모든 살이 닿네
이제 원하는 것은 오직 하나
그녀 옷이 저절로 흘러내리고
그녀의 다리가
안 돼요
하지 마세요
제발 하지 마세요
(중략)

그것이 끝난 후 그녀는
잠에 들고
죽음에 이르러
내 안으로 사라지고
내 안에서 완전히 녹아내리고

솔직하고 대담한 시다. 누가 썼을까. 7~8세기에 쓰인 인도의 시선집 『아마루샤타카 Amarushataka』에 수록된 한 작품이다. 역시 카마수트라의 인도답게 거침없다.

가식과 위선으로 육체적 욕망을 은폐한 영국과 달리, 인도는 섹스가 사랑의 본질임을 숨기지 않았다.

몇 해 전 인도의 사원을 촬영할 때 여성의 몸을 적나라하게 묘사한 벽화에 놀란 적이 있다. 수직선 하나로 여성의 성기를 아주 생생하게 표현했기 때문이다. 이런 그림은 두루마리 천이나 종이에 그려 호사가들이나 소장했을 법한데, 인도는 신성한 사원의 돌에 보란 듯이 새겨 놓았다.

19세기 영국의 저명한 예술 평론가 존 러스킨John Ruskin의 일화가 생각난다. 첫날밤 러스킨은 아내 에피 그레이의 벗은 몸을 보고 놀란 나머지, 6년 동안 육체적 관계를 한 번도 갖지 않고 끝내 헤어졌다. 이유는 아내의 음모에 역겨움을 느꼈기 때문이다. 그리스 로마 시대 예술 작품에서 여성의 몸을 배운 존 러스킨은 여성에게 음모가 있다고 생각하지 않았다. 눈매가 좋은 사람은 알겠지만, 그리스 로마 시대 조각상을 보면 음모는 오직 남성 조각상에만 있다. 여성 조각상에는 음모가 허락되지 않았다.

러스킨이 살았던 때는 19세기 중반부터 20세기 초

반에 이르는 영국 빅토리아 시대다. 부강한 시대였지만, 위선과 가식의 시대였다. 대영 제국은 인도를 품었지만, 연애와 섹스를 향한 인도의 솔직함은 품지 않았다. 20세기 초반 막을 내린 빅토리아 시대는 이후 영국인들의 섹스 관념에 많은 것을 남겼다.

이 정신적 흔적을 찾을 수 있는 소설이 있다. 바로 이언 매큐언의 『체실 비치에서』다. 소설 속 시간은 단 하룻밤. 신혼여행의 첫날 저녁 식사 장면에서 소설이 시작되고, 다음 날 새벽 체실 비치에서의 돌이킬 수 없는 결별로 소설은 끝이 난다.

신랑 에드워드, 가난한 집안 출신이지만 대학을 수석 졸업한 역사학도다. 그는 섹스에 대한 열망은 강하지만 여성의 몸에 대해서는 전혀 알지 못한다. 신부도 마찬가지다. 전기 회사 사장 아버지와 옥스퍼드대 교수 어머니를 둔 바이올리니스트 플로렌스는 섹스를 부부의 의무로 받아들인다. 하지만 우연히 책에서 발견하는, 삽입이나 점막 같은 단어에 극도의 혐오감을 느낀다. 에드워드의 가벼운 키스나 애무에도 플로렌스는, 정확히 말해 플로렌스의 몸이 진저리를 친다.

그들은 서로 사랑한다. 하지만 에드워드는 플로렌스의 육체에 대해 무지하고, 플로렌스의 육체는 에드워드를 거부한다. 그런 이유로 그들은 완벽하게 첫날밤 섹스에 실패한다. 플로렌스는 자신의 몸에 묻은 에드워드의 체액을 베개로 미친 듯이 닦아내고 어스름한 바닷가로 뛰쳐나간다. 본인에 대한 자책과 플로렌스에 대한 분노에 휩싸인 에드워드도 그녀를 뒤따른다.

이 고리타분한 이들이 살던 때는 언제였을까. 불과 60여 년 전인 1962년 여름이었다. 자유연애, 섹스, 비틀스와 공존하던 시대였지만 찬란했던 빅토리아 시대의 짙은 그림자가 이때까지 드리워져 있었다.

국내 번역본의 띠지에는 '가장 빛나고, 품격 있는 연애 소설'이라고 쓰여 있지만, 나는 『체실 비치에서』는 한 편의 코미디가 아닐까 하는 못된 생각도 든다.

섹스는 개인이 선택한 개인 간의 행위지만, 섹스는 그 개인들이 살아가는 시대와 끊임없이 충돌한다. 시대에 순응하는 섹스는 없다. 아주 예외적인 시대를 제외하고, 모든 시대는 섹스를 억압하기 때문이다. 시대는 섹스를 목 졸라 죽이고 싶어 한다.

그래서 섹스는 시대에 대한 복수가 된다. 필립 로스의 말대로 섹스는 죽음과 늙어감에 대한 복수지만, 시대에 대한 복수이기도 하다. 이디스 워튼의 섹스는 미국의 청교도주의와, 존 파울즈의 섹스는 빅토리아 시대의 위선과, 줄리언 반스의 섹스는 2차 세계 대전 후 영국 중산층의 위선과, 마르그리트 뒤라스의 섹스는 식민지 시대의 남성주의와, 모니카 마론의 섹스는 동독 시절의 가부장적 전체주의와 싸운다.

소설 속 섹스를 훔쳐보다 보면 그 연인들이 살았던 시대를 훔쳐보는 재미가 있다. 가장 개인적이고 가장 은밀한 행위가 한 시대를 증언하고 복수한다. 어쩌면 이렇게 말할 수도 있겠다. 모든 연인이 그 시대의 연인인 것처럼, 모든 섹스는 그 시대의 섹스다.

좋아하다
like

**반복할 만큼 그리 멋진 말은 아니다.
당신이 나르시시스트라는 명백한 증거.**

자기를 얼마나 좋아하냐고, 『상실의 시대』에서 미도리는 와타나베에게 묻는다. 와타나베는 이렇게 대답한다.

"봄철의 곰만큼."

와타나베는 상상한다. 미도리가 봄철 들판을 걸어갈 때 갑자기 나타난 새끼 곰. 그 새끼 곰은 와타나베 자신이다. 부드러운 털에 똘망똘망한 눈빛을 가진 곰이 미도리를 껴안고 클로버가 피어 있는 언덕을 데굴데굴 구르며 하루 종일 논다.

누군가를 좋아할 때 우리는 그 풍경 속 무엇이든 되고 싶다. 새끼 곰이 되고 싶고, 언덕이 되고 싶고, 클로버가 되고 싶다.

누군가를 좋아한다는 것과 누군가를 사랑한다는 것. 그것은 같은 것일까, 다른 것일까. 다르다면 어떻게 다른 것일까. 인터넷 검색을 해보면 많은 사람이 그 차이에 대해 질문하고, 질문한 사람들보다 더 많은 사람들이 대답한다. 모두 할 말이 많은 주제다.

내가 찾은 가장 흥미로운 대답은 바로 이것이다. 지구 멸망의 순간, 탈출하는 우주선 앞에서 알 수 있다는 것이다. 그 우주선에 함께 타고 싶으면 그 사람을 좋아하는 것이고, 남은 빈자리 하나를 그에게 양보할 수 있다면 그 사람을 사랑하는 것이라고. 지금 하려는 이야기도 그와 별반 다르지 않다.

"당신을 좋아해요."

가슴 설레는 말이다. 하지만 그리 멋진 말은 아니다. 좋아한다고만 말하는 사람은 자신이 이기적egoistic인 사람이거나 자기중심적egotistic인 사람임을 은연중에 밝히는 것이다.

무의식적인 차원에서 그는, 좋아하는 그 사람을 하나의 대상으로만 여기고 있다. 자기가 서 있는 자리에서 전혀 움직이지 않은 채, 자신만의 렌즈로 그 사람을 바라본다. 그 렌즈는 줌렌즈다. 좋아한다는 말은, 우리가 줌렌즈로 상대방을 당겨서 보고 싶을 때 본능적으로 튀어나오는 말이다. 별로 힘들이지 않고도 대상과 가까워졌다는 느낌, 때로는 피사체를 가졌다는 착각이 든다. 실제 둘 사이의 거리는 전혀 좁혀지지 않았음에도.

물론 누군가에게 연모의 마음을 처음 고백할 때 "당신을 좋아해요."라는 말밖에는 없다. 그 말을 대체하는 다른 표현이란 없다. 두 사람이 연애라는 긴 복도를 통과하는 단계에서, 문제는 발생한다. 그는 계속 좋아한다고만 말한다. 그는 상대방을 좋아하는 상태 그 자체에 머물러 있다는 증거다. 새끼 곰이 되어 상대를 껴안고 언덕을 데굴데굴 구르지 않는다. 상처받고 욕먹는 것을 두려워하고 있다. 그는 흙먼지 이는 풍경 속으로 뛰어들지 못하고, 그저 서 있는 자세로 연애를 한다. 용기 없는 나르시시스트의 사랑이다.

이런 관점에서 프랑수아즈 사강의 소설『브람스를 좋아하세요…』을 읽으면 흥미롭다. 소설의 마지막, 왜

39세 이혼녀 폴은 돈 많고 잘생긴 시몽을 선택하지 않았을까. 자기보다 열네 살 어리다는 점이 그 이유가 되지는 않는다. 폴은 시몽을 영원히 소유하고 싶다는 욕망도 가지고 있다. 하지만 시몽이 자신을 좋아하는 상태에서만 머물러 있음을, 폴은 깨닫는다.

매일 저녁 6시 정각, 시몽은 가게 앞에서 폴을 기다리고 있다. 같이 놀고 싶어 집 앞으로 찾아온 어린아이 같다. 무심하게 아무 때나 전화하는 늙다리 남자 친구 로제와는 비교된다. 시몽은 매일 같은 욕망, 같은 걱정, 같은 고통에 매달려 지내는 소년일 뿐 그녀의 주인, 그녀를 압도하는 힘을 가진 주인이 결코 되지 못할 것임을, 폴은 예감한다. 결국 폴은 시몽을 선택하지 않고 로제에게 되돌아간다.

'당신을 아끼고 있어요.'

드라마 〈나의 해방일지〉의 명대사, "날 추앙해요."와 같은 말이다. 이 대사를 처음 들었을 때 낯설지만 왜 해방감이 들었을까.

'당신을 아끼고 있어요.'라는 말은(말이라고는 했지만, 결코 말로 터져 나올 수 없는 다짐이다) 마음속에서만 울려 퍼지는 독백이다. 그저 내부에서 맴돌 뿐 들리지 않는 소리여야 한다. 그런 이유로 '당신을 아끼고 있어요.'는 위에서처럼 작은따옴표로 표기해야 한다.

결국 누군가 당신에게 "당신을 아끼고 있어요."라고 말하는 것은 당신이 누군가에게 "날 추앙해요."라고 말하는 것과 같은 욕망에서 비롯한 것이다.

누군가를 아낀다는 것은 무엇일까. 그를 추앙하는 것이다. 아낀다는 것은 좋아하는 것 이상이다. 좋아하는 것은 내가 그에게 큐피드의 화살을 쏘는 것이지만, 아낀다는 것은 내가 그 사람을 위해 그의 곁에서 화살 대신 방패를 드는 것이다. 아끼는 마음, 추앙하는 마음을 품으면 당신은 어느새 그의 곁에 서 있다.

렌즈 사용법도 다르다. 좋아하는 사람이 줌렌즈를 사용하는 카메라 입문자라면, 아끼는 사람은 단렌즈를 고집하는 베테랑 사진작가다. 줌렌즈를 들고 가만히 서 있는 초보자와는 달리, 단렌즈로 찍는 작가는 두 발로 뛰어다니며 피사체와의 거리를 조절한다. 초점을 맞추기 위해 상대방에게 이리저리 움직이라고 요구하지 않는다. 기꺼이 자신의 몸을 움직여 상대의 초점을 맞춘다.

그리하여 아낀다는 것은 우주의 중심에 나 대신 그를 세우는 것이다. 누군가를 껴안고 봄철의 곰처럼 구르기 위해서는 언덕에 피어 있는 클로버를 죽여야 하고, 꽃들을 깔아 뭉개야 한다. 나를 중심으로 돌아가던 안온한 우주를 멈춰야 한다. "나를 추앙해요."라는 엉뚱한 말을 꺼냈던 염미정의 마음을 제대로 이해하려면 내 중심의 우주를 깨뜨려야 하는, 거대한 우주적 상상력이 필요한 법이다.

"내 편이 되어줄 거죠?"

아주 드물게, 아끼는 마음을 입 밖으로 꺼낼 수 있는 기회는 찾아온다. 그가 당신에게 묻는다. "내 편이 되어줄 거죠?" 그를 아끼는 당신의 마음이 확실하다면 세상 사람들이 모두 그를 욕하더라도 그의 편이 되겠다고 주저없이 말하면 된다. 그 순간 당신이 그를 아낀다고, 처음으로 소리 내어 말하는 것이다. 당신의 대답은 이렇다. "네."

좋아한다라고 말하는 것은, 당신이 그의 문을 열고 들어가 외치는 것이다. 한 번이면 족하다. 반면 아낀다고 말하는 것은, 그가 당신의 방문을 열고 들어와 당신에게 질문했을 때에만 가능하다. 그 순간까지 당신은 그 사람을 그저 아끼고 추앙하고 기다려야 한다. 물론 아끼는 마음은 한 번만으로는 부족하다.

“사랑해”
“I love you”

세상에서 가장 무거운 말.

결국 사랑은 무엇입니까?

　이 질문은 나 자신에게 던져야 한다. 그리고 나 자신이 답을 찾아야 한다. 연애 소설을 한 편 한 편 끝낼 때마다 이 질문을 던진다. 사랑은 무엇인가. 명쾌한 대답은 아직 찾지 못했다. 다만 찰스 부코스키Charles Bukowski가 내린 사랑에 관한 정의를 되뇐다. 선문답 같지만, 아직은 이게 최고다. 부코스키 만세.

Love is a horse with a broken leg

trying to stand while 55,000 people watch.

사랑은 5만 5천 명이 지켜보는 가운데

부러진 한쪽 다리로 일어나려는 한 마리의 말.

사랑은 처절한 고통이다. 행복한 사랑이든, 불행한 사랑이든 사랑에 모든 것을 건 이에게 사랑은 그저 재난이라고, 줄리언 반스는 말했다. 그는 덧붙인다. 더 사랑하고 더 고통받을 것인가. 덜 사랑하고 덜 고통받을 것인가. 질문인지, 조언인지, 그것은 각자가 선택할 문제라고 생각한다.

어렸을 적 읽었던 오스카 와일드의 「행복한 왕자」를 수십 년 만에 다시 읽는다. 삽화가 그려져 있는 1888년 초판본을 번역한 책이다. 아마 열 살쯤, 나는 이 잔혹한 동화를 처음 읽었다.

가난한 사람을 도와주다 누더기가 되어버린 왕자. 왕자를 도와주다 결국 주검이 되어 쓰레기통에 버려진 제비. 온몸으로 사랑하기 위해서는 온몸을 내놓아야 가능한 일임을 그때 어렴풋이 알았다. 사랑은 한쪽 다리가 부러지는 정도가 아니라, 심장이 으스러지는 고통임을 지금도 깨닫는다.

이후 단 한 번도 「행복한 왕자」를 펼쳐보지 않았다. 이제 그 트라우마를 이겨내 다시 읽으니, 「행복한 왕자」는 한 편의 연애 소설임을 알게 된다.

겨울이 다가오는 어느 도시. 작은 제비 한 마리는 여름 내내 갈대에게 구애하느라 정신없었다. 모든 제비가 따뜻한 이집트로 떠났지만, 사랑하기에 바빴던 그는 아직도 남쪽으로 떠나지 못했다. 도시를 떠나려던 제비는 우연히 몸 전체가 황금, 두 눈은 사파이어, 칼자루에는 루비가 박혀 있는 행복한 왕자를 보게 된다. 하지만 그는 행복하지 않다. 도시의 가난한 사람들을 지켜보며 슬픈 눈물을 하염없이 흘리고 있다.

　　"당신을 사랑해도 되나요?"

왕자에게 호감을 느낀 제비는 그의 심부름꾼이 되어 아픈 아이의 엄마, 가난한 작가, 성냥팔이 소녀에게 왕자의 몸에서 뜯어낸 보석을 물어다 준다. 이제는 정말 이집트로 떠나려는 작은 제비. 하지만 번번이 왕자는 부탁한다. "하룻밤만 더 머물러주면 안 되겠니?"어느새 눈이 내린다. 보석과 황금을 모두 떼어낸 왕자는 더 이상 화려하지 않다. 언제부터 이렇게 볼품없어졌냐고 사람들이 손가락질한다.

제비는 알고 있다. 어느새 자신은 왕자를 깊이 사랑하고 있음을. 그리고 그 사랑 때문에 자신이 곧 죽으리라는 사실을. 작은 제비는 왕자의 입술에 입을 맞추고 이내 힘없이 바닥으로 떨어진다.

사랑을 고백하거나 사랑하겠노라 선언한 사람은, 떠날 수 없다. 사랑하는 사람을 지켜야 하고, 사랑한다는 약속을 지켜야 하기 때문이다. 사랑하는 인간은 생각하는 인간의 반대말이다. 사랑하는 이는 생각할 수 없다. 사랑에 끌리는 대로 움직이고, 움직이는 만큼만 생각할 수 있다. 그래서 사랑하는 이는 불완전하다. 완벽했던 사람도 사랑의 혼돈 속에서 불완전해진다.

연인들은 불안하다. 행복한 사랑을 잃을 수 있다는 절망감 속에서, 불행한 사랑을 멈출 수 없다는 무력감 속에서 사랑은 지속된다. 인도의 라타 야트라Ratha Yatra 축제에 나오는 거대한 수레 저거너트juggernaut처럼 사랑의 수레바퀴는 무심하게 굴러간다. 어느 순간, 저거너트 바퀴 밑으로 자신의 몸을 던진 먼 옛날의 인도인들처럼 연인들은 기꺼이 자신을 던진다. 수레바퀴를 멈추기 위해 자신의 몸을 던지는 게 아니라, 사랑을 멈출 수 없기 때문에 자신의 몸을 던지는 것이다.

“사랑해.”

이제 이 감미롭고도 무거운 말 한 마디가 갖는 의미를 짚어 본다. 2019년 젊은작가상을 수상한 정영수의 단편 「우리들」.

주인공 나는 자기들의 연애 이야기를 크라우드 펀딩 소설로 출간하고 싶다는 정은과 현수 커플을 만난다. 묘한 제안이지만, 그들은 세련되고 근사한 사람들이다. 평범한 연애 소설로 흐르던 그들의 이야기. 하지만 네 번째 원고를 받아 든 나는 비로소 그들의 비밀을 알게 된다. 정은과 현수, 모두 결혼한 사람이며, 각자의 가정을 놔두고 외도를 하고 있다는 사실. 그리고 그 둘만이 존재하는 빈약한 세계에 유일한 목격자이자 죄책감을 나눠줄 공범으로 자신이 초대되었다는 사실을 깨닫는다. 나는 어느새 그들에게 강한 유대감을 느낀다. 그들의 세계에서 나는 우리들이 된다.

하지만 어느 날, 말 한 마디에 정은과 현수의 세계는 유리 조각처럼 깨진다. “우리 매년 여름마다 여기 올까?” 무심코 던진 이 말에 그들의 감미롭고 안온한 세계는 무너져 버린다. 미래를 약속할 수 없어 오직 현재에만 머물러 있던 정은과 현수에게, 매년 여름이라는 말은 외쳐서는 안 되는 주문呪文이었다. 마법의 궁전이 신기루처럼 녹아내린다. 그날 집으로 돌아간 정은은 남편에게 모든 사실을 고백하고 용서를 구한다.

시간이 흘러, 정은은 나에게 말한다. 그 시절, 현수와 자신이 가장 많이 했던 말은 바로 사랑한다였다고. 나는 문득 깨닫는다. 사랑한다는 말은, 절망적인 연애가 만들어내는 진공, 그 빈 공간을 채우려는 연인들의 고통에서 튀어나온 말임을.

사랑해. 찬란하지만 너무 무거운 말이다. 이 말을 내뱉은 자는 따사로운 햇볕 속에서 돌덩이를 이고 걸어가야 한다. 사랑한다고 말하는 순간, 우리는 한쪽 다리가 부러진 말이 되거나, 바닥으로 추락하는 작은 제비가 된다.

조건
condition

조건을 이기는 사랑이 없고 조건을 견디는 사랑 또한 드물다.

영화 〈시네마천국〉에 나오는 장면이다.

알프레도는 사랑에 빠진 젊은 토토에게 공주를 사랑한 한 보초병의 이야기를 들려준다. 보초병은 감히 공주에게 사랑의 마음을 고백한다. 공주는 조건 하나를 건다.

"내 방 발코니 아래에서 100일 밤낮을 기다릴 수 있다면 너는 나를 가지게 될 것이다."

보초병은 비가 오나 바람이 부나, 새가 앉거나, 벌이 쏘거나 그 자리를 지킨다. 하지만 그는 점점 말라가고, 하얗게 변해 간다. 기력이 다 빠져 눈물을 참을 힘도, 드러누울 힘도 없다. 100일째 넘어가는 마지막 밤, 무슨 이유인지 보초병은 홀연히 그 자리를 떠난다.

알쏭달쏭한 이야기다. 하룻밤만 더 견뎠다면 보초병은 공주를 품에 안았을까. 아니면 공주에게 죽임을 당했을까. 그 결말은 아무도 모른다. 99일을 참고 기다리다, 떠나기로 결심한 보초병의 마음을 헤아려 본다. 어떤 이는 이렇게 이야기한다. 조건이 걸린 사랑은 사랑이 아니다. 보초병은 그날 밤 그 사실을 깨달았다고.

수학적으로 보면 연애는 일대일 함수다. 하나의 X는 하나의 Y에 대응한다. 연애의 좌표는 나와 그, 두 사람 축 안에서만 존재한다. 하지만 연애가 무르익어 결혼을 생각해야 할 때, 연인들은 복잡한 좌표 속으로 들어간다. 결혼은 훨씬 까다로운 조건을 던진다. 일대일 함수였던 연애가 고차 방정식의 세계로 진입한다.

조건은 다양하다. 외모, 몸, 학력, 직업, 경제력, 가족, 사회적 권력 등의 조건은 단순한 연애를 복잡하게 만들거나, 선명한 연애를 희미하게 만든다. 미래를 꿈꾸던 연인들은 미래를 계산해야 한다. 사랑 하나면 모든 게 채워질 것 같았는데, 그렇지 않다. 사랑의 의미도 변한다. 서로를 이해理解하는 것이 사랑이 아니라 서로의 이해利害를 지켜주는 것이 사랑이 된다.

이혁진의 소설 『사랑의 이해』 책 커버에는 이해라는 단어 옆에 利害, 理解라는 두 개의 한자 단어가 씌어 있다. 이 소설이 어떻게 흘러갈지 암시하는 제목이다. 앞의 이해利害는 조건을 따지는 것이고, 뒤의 이해理解는 조건 따위는 넘어서는 것이다. 이해를 따지면서 이해에 닿으려는 시도, 그 두 단어의 저울질 속에서 사랑은 인지 부조화적 상황이 된다.

『사랑의 이해』에는 은행을 다니는 네 명의 젊은 남녀가 등장한다. 좋은 대학을 졸업했지만 지방 출신으로 작은 오피스텔과 아버지가 물려주신 낡은 중고차가 전부인 상수, 누가 봐도 예쁘고 똑똑하지만 변두리 대학 출신의 계약직 텔러 수영, 고급차를 몰래 숨겨 놓고 은행을 다니는 부잣집 딸 미경, 모든 여성의 관심을 받을 만큼 준수한 외모를 가졌지만 불우한 가정 환경 탓에 미래가 불투명한 청원경찰 종현. 이들은 업무로, 연애로 그리고 과거의 연애로 얽혀 있다.

상수는 수영을 좋아하지만, 수영은 연하의 종현을 사랑한다. 늘 그러하듯, 연애 삼각형에서 화살표의 방향과 선의 굵기는 같지 않다. 수영에게 두 남자, 상수는 팍팍한 닭가슴살 같은 남자이고, 종현은 달콤한 디저트 같은 남자다. 그녀는 후자에 끌린다. 입가심밖에 안 되지만 치명적인 남자. 수영은 순진한 눈빛을 가진 종현을 선택한다. 수영에게 튕겨 나온 상수는 직장 상사인 미경에게 끌린다. 미경도 친절한 상수가 마음에 든다. 하지만 상수는 미경과 가까워질수록 수영을 느낀다.

수영은 순진하지 않다. 연애는 어디까지나 상대를 길들이거나 속이는 게임이다. 좋은 기회를 놓치지 않기 위해 지점장의 늙고 축축한 손도 견뎌낸다. 결국 수영은 종현의 아름다운 눈썹과 탄탄한 등을 얻는다. 하지만 대가는 크다. 수영과 종현은 동거를 시작하지만, 불우한 현재와 불안한 미래에 종현은 마음을 잡지 못한다. 그 우울은 수영에게 전염되어, 종현을 피해 자신의 집을 떠나 호텔에서 잠을 청하기에 이른다.

상수와 미경의 연애는 무르익는다. 상수는 미경의 아버지를 만난다. 그는 한강이 보이는 미경의 정남향 아파트에서 문득 미래라는 단어를 떠올린다. 애써 붙잡지 않아도, 그냥 흘러가기만 해도 행복해질 것 같은 묘한 충만함에 사로잡힌다. 미경의 아버지가 내건 조건, "자네가 경이에게만 충실하다면."그 조건 하나만 기억하면 된다. 공주의 방 앞 보초병으로 살면 되는 것이다.

조건의 힘은 사랑의 힘보다 막강하다. 조건은 연애를 파괴하고 사랑을 갉아먹는다. 연애의 막바지에 다다랐다고 생각하는 수영과 종현. 그들은 하루 종일 몸을 섞는다. 하지만 아무리 몸을 섞어도 섞어지지 않는 것이 있음을, 수영은 깨닫는다. 종현이 자신의 미래가 될 수는 없음을 안다. 아무리 바둥거려도 헤어날 수 없는, 가난이라는 그 세계를 수영은 거부하고 싶다. 그녀 역시 가난한 환경에 자랐고, 그곳을 벗어나기 위해 안간힘을 써왔기 때문이다.

상수는 다른 선택을 한다. 미경에게 이르렀다고 생각하는 순간, 99일째 밤의 그 보초병처럼 그녀 곁을 떠난다. 미경에게 자신이 사랑하는 이는 수영이라고 고백한다. 수영의 마음을 얻어서가 아니다. 상수는 조건을 내거는 세계, 조건이 만들어가는 세계와 과감히 결별하고 싶었다.

조금은 작위적인 결말이다. 현실 속 연인들이 모두 상수와 같은 선택을 하는 것은 아니다. 조건을 이기는 사랑이 없고 조건을 견디는 사랑 또한 드물다. 이해利害는 따지고 이해理解는 받고 싶은, 이율배반적인 상황 속에서 우리의 사랑이 있다. 그러다 환幻으로 시작한 연애는 멸滅로 끝난다. 헤어지는 연인들의 가슴속에는 환멸이라는 두 글자가 남는다.

죄의식
guilt

**죄의식을 못 견디는 자는 고백을 하고,
죄의식을 견디는 자는 비밀을 간직한다.**

몰래 하는 연애가 더 달콤한 법이다. 하지만 어느 순간 연인들은 둘만의 소꿉놀이가 지겨워진다. 남의 눈 아랑곳하지 않고 연애하고 싶고, 남들에게 연애한다고 알리고도 싶다. 입이 간지럽다. 귀도 간지러웠으면 좋겠다. 기왕 하는 연애인데 보이는 연애를 하고 싶다.

나이가 들어 알게 된 사실이지만, 세상에는 보이는 연애보다 보이지 않은 연애가 훨씬 많다. 결코 싹 터서는 안 되는 곳에 생긴 이끼 같은, 은밀하고 불온한 연애. 연애가 허락되지 않는 두 사람이 우연한 기회에 연인이 되고, 위태로운 관계를 유지하는 경우는 허다하다.

이 보이지 않는 연애에 붙여진 이름은 다양하다. 호박씨, 불장난, 바람, 불륜, 내연, 외도, 상간. 경멸과 조

롱이 섞인 이 단어들 끝에 남男이나 녀女가 붙어 멸칭으로 이어지기도 한다.

보이지 않는 사랑에 대한 우리의 태도는 꽤나 유난스럽다. 보이는 연애에 무턱대고 축복을 보내지 않아도 되는 것처럼 보이지 않는 연애라고 무조건적인 경멸을 보낼 필요는 없다고, 나는 생각한다. 보이는 연애든, 보이지 않는 연애든 모든 연애는 그 연인들이 선택하고 초래한 상황일 수밖에 없다. 쾌락과 고통은 오직 그 당사자들만이 온전하게 느끼는 그들만의 현실이다. 우리는 제삼자다. 제삼자는 그 연애에 대해서는 당연히 모른다라고 말해야 한다. 그것은 태도의 문제가 아니라 인식의 문제다.

La passion reste en suspens dans le monde, prête á traverser les gens qui veulent bien se laisser traverser par elle.

열정은 기꺼이 그 열정이 흐르도록 내버려두는 사람들을 통해 세상 곳곳에 흐르고 있습니다.

아름다운 문장이다. 마르그리트 뒤라스가 남긴 말이다. 열정이란 것은 마치 강물처럼 사람들 사이를 흐르다가, 어느 순간 우연히 나를 적시는 것이다. 열정에 촉촉히 적셔질 때 우리는 비로소 자유로운 인간이 된다. 우리의 일상을 깨뜨리고, 우리를 낯선 이에게 다가서게 만들고, 가보지 않은 길을 선택하게 한다. 열정이야말로 우리가 실존적 존재로서 가질 수 있는 삶의 용기가 아닐까. 하지만 우리는 알고 있다. 열정이나 열망이라는 영어 단어 passion에는 수난, 괴로움이라는 또 다른 뜻이 있다는 사실을. 열정의 대가는 고통이다.

연애 소설 속에도 보이지 않는 연애를 하는 이들은 많다. 『이선 프롬』의 이선과 매티, 『어떤 미소』의 도미니크와 뤽, 「그 시절의 연인들」의 노먼과 마리, 『슬픈 짐승』의 프란츠와 나, 『스토너』의 스토너와 캐서린, 「빛과 물질에 관한 이론」의 헤더와 로버트.

사실 연애 소설은 보이는 연애에는 관심이 없다. 연애 소설은 보이지 않는 연애를 다룬다. 보이지 않는 연애 속에 은밀한 섹스가 있고, 내면의 고통이 있고, 슬픈 이야기가 있다. 보이지 않는 연애 자체가 하나의 죄sin이기 때문이다.

수치심shame과 죄의식guilt, 비슷한 듯 보이지만 이 둘은 전혀 다른 상황에서 나타난다. 연인들이 수치심을 느낄 때는 보이는 연애가 깨질 때다. 반면 연인들이 죄의식을 느낄 때는 보이지 않는 연애가 지속될 때다. 즉, 남들 앞에서 한 약속이 깨지면 부끄럽고, 남들 몰래 규범과 윤리를 어기고 있을 때 죄책감을 느끼는 것이다.

죄의식의 실체는 무엇일까. 보이지 않는 연애를 하는 사람들, 그들은 시작해서는 안 되는 일을 저질렀다는 후회, 이대로는 안 돼라고 느끼면서도 멈출 수 없는 무력감, 그리고 앞으로 닥칠지 모르는 처벌과 파멸에 대한 두려움을 느낀다. 그 감정들이 한데 섞여 만들어진 시커먼 물질이 바로 죄의식이다. 이처럼 죄의식은 불쑥불쑥 출몰하는 유령처럼, 불안한 연인들을 괴롭힌다.

죄의식의 유령을 피하는 방법은 하나밖에 없다. 잠시 잊는 것이다. 오직 쾌락 속에서, 오직 현재 속에서만 머무는 것이다. 소설 『사랑의 이해』, 절망에 사로잡힌 수영과 종현이 하루 종일 몸을 섞는 그날의 심정이다.

흥미롭게도 죄의식에서 비롯한 연인들의 고통은, 연애 소설 속에서는 문학적인 역동을 만들어낸다. 연인들이 더 세게 고통받고, 더 격렬하게 몸부림치고, 더 깊이 상처받을수록 연애 소설은 더 강렬한 이야기가 되어 예술적인 보편성을 획득한다. 연애 소설 속 풍경은 결국 연인들의 상처가 만들어내는 절개지, 잘려 나간 땅이다. 소설의 마지막, 죄의식은 연인들을 두 갈래 갈림길 위로 떠민다. 고백할 것인가, 아니면 비밀로 간직할 것인가.

고백과는 달리, 비밀은 용서받고 싶지 않은 자가 내리는 선택이다. 그는 용서가 불가능하다고 생각하기 때문에 말하지 않는다. 앤드루 포터의 「빛과 물질에 관한 이론」만큼 비밀을 지키는 고통을 가슴 저미게 포착한 작품은 없다.

대학생 헤더는 노교수 로버트와의 사랑, 설사 그것이 플라토닉한 사랑이었다 할지라도 그에게 품었던 마음의 실체를 남자친구 콜린에게 끝내 말하지 않는다. 콜린이 오해하더라도, 헤더는 말하지 않는다. 죄의식을 견디지 못하고 자신의 연인에게 비밀을 고백하는 것은, 결국 모든 타인에게 상처를 입히는 이기적인 행동일 뿐이며, 자신의 죄의식마저 덜어주지 못하는 부질없는 짓이라고 그녀는 생각한다. 그래서 헤더는 아무에게도 아무것도 말하지 않는다.

죄의식에 사로잡힌 연인들은 스스로에게 질문을 던진다. 다른 사람에게 모든 것을 고백해야 할까. 아니면 아무도 상처받지 않도록 비밀로 간직해야 할까. 겨울나무처럼 외롭고 쓸쓸하다. 한쪽 길은 당장이라도 폭풍이 몰아칠 것 같은 들판으로 이어지고 있고, 다른 쪽 길은 끝을 알 수 없는 어두운 숲으로 들어간다.

도망
escape

여행은 돌아올 때 완성되고, 도망은 돌아오지 않을 때 완성된다. 연인들은 종종 돌아온다.

연애 소설에는 도망가는 연인들이 가끔 등장한다. 벗어날 수 없는 현실, 변할 것 같지 않은 미래를 예감할 때 그들은 이곳이 아닌, 저곳을 선택한다. 인생에서 놓쳐서 아쉬운 것은 오직 사랑뿐. 그 사랑을 지키기 위해 지금의 나를 버리고 여기를 떠나야 하는 것이다.

돌아오자는 기약 없이, 그들은 여기를 떠난다. 돌아온다는 것은 패배, 완벽한 패배를 의미하기 때문이다. 여행의 완성은 돌아오는 것이지만, 도망의 완성은 돌아오지 않는 것이다.

윌리엄 트레버의 「그 시절의 연인들」은 도망의 완벽한 패배를 보여준다.

유부남 노먼은 아내 힐다에게 돌아오지 않겠다는

쪽지를 남기고 열두 살 어린 마리와 함께 도망친다. 런던을 떠나 킬번이라는 낯선 도시, 방 두 개 딸린 집을 얻는다. 하지만 열다섯 명의 이웃과 화장실과 욕실을 함께 써야 하는 냄새나는 집이다. 소원대로 마리와 함께 있게 되지만, 도망치기 전 꿈꾸던 꿈에서는 멀어지고 있음을 느낀다. 노먼과 마리는 결국 레딩Reading에 있는 마리 엄마의 집으로 옮긴다. 하지만 그곳 역시 그들의 새집이 될 수 없음은 마찬가지다.

마침내 노먼은 우리는 패배했다라고 마리에게 선언한다. 마리는 참았던 울음을 터트린다. "사람들은 결국 돌아오지People come round."라고 말한 힐다의 냉소적인 예언이 이루어진 것이다.

「그 시절의 연인들」이 블랙 코미디에 가깝다면, 줄리언 반스의 『연애의 기억』은 잔인하리만치 생생한 비극이다. 1960년대 영국을 배경으로 한 작품이라는 공통점은 있지만, 『연애의 기억』은 도망간 연인들이 겪는 피폐한 삶과 무너져 가는 모습을 고통스러울 정도로 사실적으로 그려낸다.

테니스를 치고 BBC 방송을 보는 주민들이 사는 런

던 남쪽의 부자 동네. 이곳에 살던 스무 살 대학생 폴은 자기보다 거의 서른 살이나 많은 수잔과 런던으로 도망친다. 하지만 런던에서의 새로운 삶은 결코 행복하지 않다. 평화롭던 일상이 수잔의 알코올 중독으로 무너지기 시작한다. 폴은 깨닫는다. 그녀는 자기보다 잃을 게 더 많다는 사실을. 그리고 사랑을 이해하는 것은 심장이 식었을 때 비로소 온다는 것을.

도망의 끝. 그것은 서로가 서로에게서 도망치고 싶은 마음이 들 때다. 폴은 런던으로 오기 전 수잔이 도주 자금으로 준 돈을 모두 찾아, 런던 도심의 호텔로 향한다. 수잔을 잊기 위해, 수잔이 준 돈으로, 닷새 동안 매춘부들을 호텔로 불러 사랑 없는 섹스를 한다. 역설적인 상황이다.

이혁진의 소설 『사랑의 이해』에서도 비슷한 장면이 나온다. 어린 애인 종현이 마음을 다잡지 못하고, 자신의 사랑을 온전히 받아들이지 못함에 수영은 절망을 느낀다. 수영은 종현과 동거하는 자기 집을 버리고 호텔로 간다. 옷을 다 벗고 시트 안으로 들어간다. 그녀가 말하듯, 창녀 같은 기분이다.

박범신의 소설 『주름』의 주인공도 도망치는 연인들이다. 1997년 IMF 사태가 터지고 며칠 후, 주류 회사 이사 김진영은 천예린이라는 여인의 뒤를 쫓아 아프리카 케냐로 향한다. 25년 이상 같이 살아온 아내와 대학생 아들딸을 버리고, 회사의 비자금을 달러로 바꿔 아무 미련 없이 비행기에 오른다.

평범한 회사원이자 한 가정의 가장이었던 김진영. 그는 시인 천예린을 만난 후 그녀의 육체와 열정에 모든 것을 바친다. 잊었던 스케치북을 꺼내 데생을 하고 관능의 세계에서 생명과 파괴의 에너지를 느낀다. 언젠가 자신이 사랑 앞에 무릎 꿇을 때 사랑이 자신에게 죗값을 요구할 것을 알면서도, 그 사랑을 좇는다. 1억 5천만 원이라는 거금을 빌린 채 사라진 천예린. 진영은 그녀를 번번이 놓친다. 케냐의 암보셀리, 모로코의 카사블랑카와 페스를 거쳐 북쪽으로 올라간다. 스코틀랜드의 오크니 제도에 이르러서야 비로소 진영은 그녀를 만난다.

북해의 섬, 여기서부터 본격적으로 김진영과 천예린은 도망친 연인으로 살아간다. 노먼과 마리, 폴과 수

잔과는 달리, 그들은 머물 집을 만들지 않는다. 다만 그들은 천예린에게 마지막 집이 될 집을 찾아 여기저기를 떠돈다. 암에 걸린 천예린이 살 날이 얼마 남지 않았기 때문이다. 북해에서 흑해로 그리고 천해라고 불렸던 바이칼호에 이른다. 바이칼호 중간 올혼 섬의 작은 움막. 그 집이 결국 김진영과 천예린의 마지막 집이 된다. 유랑의 끝에서 김진영은 깨닫는다. 생의 중심은 텅 비어 있음을. 『주름』의 원래 제목은 '침묵의 집'이었다.

Nos désirs vont s'interférant, et dans la confusion

de l'existence, il est rare qu'un bonheur vienne

justement se poser sur le désir qui l'avait réclamé.

우리의 욕망은 서로 간섭한다. 존재의 혼란

속에서, 욕망이 추구했던 자리에 행복이 정확히

내려앉는 일은 드물다.

마르셀 프루스트의 이 말처럼, 욕망의 자리에, 바라던 모습으로 행복이 찾아오는 경우는 거의 없다. 욕망하는 자는 결코 행복하지 않다. 도망간 연인들은 살얼음으로 덮여 있는 호수 위에 서 있는 자들이다. 빠지지 않기 위해서는 쉼 없이 움직여야 하고 지나간 길 위로는 다시 돌아오면 안 된다. 얼음이 점점 얇아진다는 사실을 알면서도 그들은 호수 중심으로 더 깊이 들어간다. 그들은 결국 패배하거나 파멸한다.

도망친 연인들을 따라가다 보면 눈물이 난다. 찰스 부코스키의 시구가 뇌리를 떠나지 않는다.

"사랑은 우리가 그건 아니라고 했던 모든 것."

음모
plot

**플롯이라는 영어 단어에는 이야기 구조와 음모라는,
전혀 다른 두 가지 의미가 있다.**

결혼 생활이 불행하다고 느끼거나 결혼이 실패했다고 생각하는 사람은 의외로 많다. 그들이 눈에 잘 띄지 않는 이유는 대부분 마음을 숨기거나 안 그런 척하기 때문이다. 그러다 그들은 우연히 새로운 사람을 만난다. 통속 소설이나 막장 드라마에서 나올 법한 그저 그런 이야기라고 생각할 수 있지만, 그 이야기들은 우리 주변에서 벌어지는 평범한 실제 상황이다.

결혼이 불행하다는 명백한 증거, 즉 권태나 고독감 위에 포개진 우연한 열정은 더욱 강한 힘을 발한다. 무료한 인생에 찾아온 소중한 열정이다. 이제 그는 인생의 궤도를 바꾸고 싶어진다. 새로운 시작이고 어쩌면 마지막 시작이다.

하지만 새로운 시작은 거친 결별, 고통스런 파열을

전제하기 때문에 그는 주저하고 망설인다.

　새로운 시작을 감행함에 있어, 결혼을 한 이는 연애를 하는 이보다 훨씬 어려운 처지에 있다. 얽힌 게 복잡하고, 포기해야 하는 것이 많기 때문이다. 결혼을 버려야 한다면 그는 더 이상 이곳에 살 수 없다. 어디론가 낯선 곳으로 도망이라도 가야 한다. 문제는 그 지점에서 발생한다. 결혼을 버리려는 자가 이곳을 버리지 않고 이곳에 남고자 할 때다. 도망을 선택하지 않는 연인들의 길은 하나밖에 없다. 바로 음모다.

　제임스 M. 케인의 소설『포스트맨은 벨을 두 번 울린다』를 연애 소설로 보기에는 무리가 있다. 이 작품은 눈 맞은 두 남녀가 남편을 살해하는 누아르 소설, 통속 소설로 흔히 분류된다. 하지만 도망간 연인들이 연애 소설의 주인공이 될 수 있다면, 도망가지 않고 여기에 남아 음모를 꾸미는 연인들도 충분히 연애 소설의 주인공이 될 수 있다.

　알베르 카뮈가 소설『이방인』의 영감을 얻었던 작품이라고 말했을 만큼, 『포스트맨은 벨을 두 번 울린다』는 그리 만만한 작품이 아니다. 간결한 문장과 탄탄한 서스펜스로 무장한 대단히 매력적인 하드보일드 소설이다. 무엇보다도 육욕에 젖은 연인들의 어두운 욕망이 소설의 밑바닥을 흐른다. 피와 체액, 알코올 냄새가 페이지마다 진동한다.

차이가 있다면 『이방인』의 주인공이 밝은 햇빛 속에 서 있다면, 『포스트맨은 벨을 두 번 울린다』의 주인공은 칠흑 같은 어둠 속에 숨어 있다는 점이다.

"코라, 나와 함께 달아나는 게 어때?"

떠돌이 부랑자 프랭크는 우연히 식당에서 밥을 먹다 육감적인 여주인 코라를 발견한다. 코라 역시 점심 시간에 출입문을 걸어 잠그는 프랭크에게 과감하게 몸을 내준다. 프랭크는 코라에게 다른 곳으로 떠나 살자고 꼬드긴다. 코라는 성적 매력이라고는 전혀 없는 남편 닉을 혐오한다. 하지만 프랭크와 도망갔을 때 펼쳐질 암울한 미래를 그녀는 정확히 알고 있다. 예전처럼 자신은 간이식당에서, 프랭크는 주차장에서 그 지긋지긋한 일이나 하게 될 것이라는 예감. 서부로 도망가는 대신, 두 사람은 돈 많은 남편 닉을 죽이려는 음모를 꾸민다. 닉이 사라진 자리를 프랭크가 차지하기 위해.

실패하면 교수형에 처해질 것임을 알면서도, 프랭크와 코라는 닉을 죽이려는 시도를 멈추지 않는다. 그 힘은 육체와 육체가 만나 만들어내는 폭력과 섹스, 알코올의 욕망이다. 두 번째 시도 끝에 프랭크와 코라는 자동차 사고로 위장하고 닉을 살해한다. 정교하지 않은 계획이었고 어설픈 실행이었다. 예리한 검사는 모든 상황을 추리해 낸다. 하지만 검사와 변호사의 묘한 경쟁 관계, 보험금을 지불하지 않으려는 세 군데 보험회사 간의 담합 등이 어우러져 그들은 풀려난다.

우연한 행운이 명백한 범죄를 덮는 부조리함, 이것이 카뮈에게 영감을 주었을지 모르는, 이 소설의 묘미다.

『포스트맨은 벨을 두 번 울린다』보다 더 기괴한 에너지를 발산하는 작품이 있다. 바로 다니자키 준이치로의 『열쇠』다. 쉰여섯 살의 대학교수 남편과 마흔다섯 살의 명문가 출신 아내가 몰래 쓰는 일기로 구성된 독특한 형식의 일기소설이다.

남편 나와 아내 이코쿠는 성적 취향은 조금 다르지만, 모두 섹스에 탐닉하는 사람들이다. 아내 발에 대한 페티시, 아내의 몸 구석구석을 보고 싶어 하는 욕망에 사로잡힌 남편은, 딸 도시코의 연인 기무라를 아내와 가깝게 지내도록 의도적으로 유도한다. 기무라에 대한 질투와 아내에 대한 분노가 그에게는 더욱 강한 성욕을 불러일으키기 때문이다. 이러한 남편의 계획은 일기에 고스란히 담겨 있다.

아내 이코쿠 역시 자신의 일기 속에 기무라에 대한 욕망을 숨기지 않는다. 술에 취해 벌거벗은 채로 욕조에 쓰러졌을 때 그녀는 "기무라 씨." 하고 잠꼬대를 한다. 남편은 아내의 잠꼬대가 의도적인 것인지 아닌지 의심한다. 아내와 기무라의 관계가 의심스러울수록 남편의 성적 에너지는 더욱 강해진다. 남편은 술에 취해 의식을 잃은 벌거벗은 아내를 기무라와 함께 방으로 옮기거나, 아내의 몸을 카메라로 찍어 일부러 기무라에게 사진 인화를 맡긴다.

섹스에 탐닉하는 남편은 결국 음욕만 생각하는 허기 상태에 이르고, 결국 정사 도중에 아내의 몸 위에서 입을 벌린 채 뇌경색을 맞는다. 이제 남편의 일기는 멈추고, 아내의 일기만 남는다. 흥미로운 사실은, 이 시점부터 아내가 진실을 말한다는 점이다. 남편의 일기를 절대로 보지 않았다고 일기에 썼던 아내 이코쿠는 거짓말을 해왔다. 그녀는 이미 남편의 일기를 오랫동안 훔쳐 읽고 있었다. 그리고 아내는 기무라와 은밀한 육체적 관계를 진작부터 맺고 있었고, 일부러 남편의 성욕을 극도로 자극한 상태에 이르게 하여 고혈압으로 죽게 하려는 음모를 기무라와 꾸민 것이다.

독자들은 비로소 깨닫는다. 소설 속 사건을 이끌고 간 이는 남편이 아니라 아내와 기무라였음을. 하지만 소설의 마지막, 아내는 의심한다. 자신의 음모 뒤에는 딸 도시코와 기무라가 꾸며낸 또 다른 음모가 있는 게 아닐까 하고.

이처럼 『열쇠』는 100페이지 남짓한 소설이지만, 음모로 겹겹이 둘러싸인 작품이다. 마치 러시아 인형 마트료시카와 비슷해서, 세 번 정도는 읽어야 실체가 보인다.

섹스가 폭력과 만날 때, 땀이 피와 섞일 때 연애 소설은 전혀 다른 장르의 소설이 된다. 이 매력적인 변신을 지켜보는 것은 연애 소설을 읽는 은밀한 즐거움이다.

타나토스
Thanatos

죽고자 하는 욕망 또는 죽이고자 하는 욕망. 에로스가 목표를 상실했을 때 에로스는 타나토스로 변한다.

25년도 더 된 이야기다. A와 B는 친한 친구였다. B의 여동생을 좋아했던 A는 술에 취한 상태에서 B의 어머니를 살해했다. 결혼을 반대한다는 이유였다. 현장을 빠져나온 A는 자동차를 몰고 강변도로를 전속력으로 달렸다. A의 차는 다리 아래 서 있던 차를 들이박았고 A는 즉사했다. 지금도 A의 이름을 넣고 인터넷 검색을 해보면 그 뉴스가 나온다.[3]

사실 그 사건이 발생하기 7년 전, 나는 A와 B가 친구가 되던 그 순간을 목격했다. 한 재수 학원에서 A가 B의 옆자리에 우연히 앉았고, 그들은 가볍게 목례를 했다. 그들 바로 뒤에 내가 있었다.

---

3 당시 기사가 필요 이상으로 상세한 정보를 담고 있다. 호기심 많은 독자들이 검색할 수 없도록 최소한의 사실로만 설명했다.

도대체 그날 밤 그들에게 무슨 일이 있었던 것일까. 7년이라는 세월은 그저 그 파멸의 밤으로 치닫는 어두운 터널이었을까. 가늠이 되지 않는다.

스포츠카를 탄 채 울부짖으며 절벽 아래로 추락하던 남자 주인공. 영화 〈페드라〉의 마지막 장면을 볼 때마다 문득 그 사건이 떠오르곤 한다.

헤어지자는 말에 격분해 연인을 죽이고, 연인의 반려견을 내던지고, 연인의 가족을 살해하는 끔찍한 사건들이 종종 뉴스에 등장한다. 한때 자신이 세상 무엇보다 사랑했던 존재를 남김없이 파괴하려는 욕망. 타나토스Thanatos라 불리는, 절멸을 향한 에너지가 분노한 연인들을 사로잡는다. 사랑했던 모든 것을 파괴한 자는 물끄러미 거울 속 자신을 바라본다. 자신의 얼굴 속에서 타나토스의 눈동자를 발견한 순간, 그는 자신마저 죽인다.

애당초 에로스Eros가 없었다면 타나토스도 없었을 것이다. 에로스가 약했다면 타나토스 역시 강하지 않았을 것이다. 모든 악마는 한때 천사였고, 모든 괴물은 한때 미남미녀였다. 타나토스는 좌절한 에로스다. 목표를 상실했을 때, 갈 곳을 잃었을 때 에로스는 타나토 스로 돌변한다.

이런 이유로, 죽음의 욕망에 대한 나의 탐색은 자연 스럽게 사랑에 대한 욕망으로 거슬러 올라간다. '왜 죽 였을까?'라는 질문은 항상 '얼마나 사랑했을까?'라는 의문으로 이어진다.

현실에서뿐만이 아니다. 타나토스의 에너지로 가 득 찬 소설들이 있다. 마지막 페이지를 넘기는 순간, 읽지 말았어야 했다는 후회가 밀려온다. 무섭고 잔인 한 소설들. 그것은 심연abyss이다. 인간의 밑바닥을 본 게 아니라, 인간에게는 밑바닥이 없다는 것을 본 것 이다.

어떤 작품들이었을까. 기억을 더듬어본다. 이반 투 르게네프의 「무무」, 이디스 워튼의 『이선 프롬』, 연애 소설은 아니지만 엠마뉘엘 카레르의 『적』이나 『겨울 아이』 같은 작품들이 이에 해당된다.

「무무」의 주인공은 벙어리이자 귀머거리 농노 게 라심이다. 게라심은 강가의 펄에서, 버려진 강아지 한 마리를 발견한다. 그는 강아지에게 무무라는 이름을 지어주고 애지중지 키운다. 어느 날, 예민하고 성마른 여지주는 무무가 자신의 호의를 거부했다는 이유를 들어 무무를 내쫓으라고 지시한다. 하지만 무무는 팔려간 집에서 노끈을 맨 채 탈출하고, 애타게 찾던 게라심에게 되돌아온다. 이를 계기로 무무에 대한 게라심의 사랑은 더욱 깊어진다.

게라심은 무무를 몰래 키우지만, 다시 여지주에게 발각된다. 주인의 명령을 받은 하인들이 게라심의 방으로 몰려든다. 그들은 개를 마님에게 넘기지 않으면 불행한 일이 일어날 것이라고 위협한다.

방문이 열리고, 게라심은 그들에게 무무를 자신의 손으로 죽이겠다고 손짓한다. 무무의 마지막 식사. 게라심은 빵과 고기를 넣은 양배춧국 접시를 무무에게 내민다. 게라심의 눈에서 눈물 두 방울이 떨어진다. 한 방울은 무무의 작은 이마에, 다른 한 방울은 양배춧국에 떨어진다.

멀리 모스크바가 보이는 강 한복판, 게라심은 무무의 목에 올가미를 걸고 벽돌 두 장을 묶는다. 두 손으로 무무를 잡고 들어 올린 게라심. 무무는 여전히 신뢰의 눈빛으로 게라심을 바라보고 꼬리를 흔든다. 게라심은 고개를 돌리고 이내 두 손을 편다. 강물에 작은 파문이 인다.

　이디스 워튼의 소설 『이선 프롬』의 마지막 장면. 주인공 이선의 아내 지나는 결국 매티를 집에서 내쫓는다. 이선은 자신이 사랑하는 매티를 따라, 이 지긋지긋한 삶에서 벗어나 어디론가 도망치고 싶다. 하지만 그는 계획을 포기한다. 수중에 돈 한 푼 없는 경제적 처지, 병든 아내를 두고 떠날 수 없다는 의무감 때문이다. 이선은 매티에게 말한다. "맷, 난 손발이 묶였어. 해줄 수 있는 게 아무것도 없어."

　드디어 헤어지는 날이 찾아온다. 기차역까지 매티를 데려다주던 이선은 불현듯 이상야릇한 충동을 느낀다. 매티가 기차에 올라야 할 그 시각, 이선은 그녀에게 썰매를 타자고 말한다. 그들 앞에는 한낮의 연인들이 놀다 두고 간 썰매가 놓여 있다. 두 연인은 부둥켜안는다. 매티는 이선에게 다시는 헤어지지 말자고, 이 썰매를 타고 다시는 올라오지 말자고 말한다. 죽음의 키스다. 비탈길 아래에는 거대한 느릅나무 한 그루가 깊은 어둠 속에 서 있다. 매티를 태운 이선의 썰매는 느릅나무를 향해 돌진한다. 그들 뒤에서, 두 사람을 태우고 온 밤색 말이 구슬피 운다.

궁금해진다. 게라심은 왜 무무를 제 손으로 죽였을까. 이선은 왜 함께 죽자는 매티의 말을 거부하지 않았을까. 무무에 대한 지극한 사랑이 무무를 죽이는 타나토스로, 매티와의 새로운 삶을 꿈꾸던 사랑이 매티와 함께 죽는 타나토스로 순식간에 바뀌는 까닭은 무엇일까.

어떤 식으로도 게라심은 무무를 살릴 수 없었을 것이다. 순순히 무무를 여주인에게 넘겼다고 해도 무무는 누군가의 손에 죽었을 것이다. 무무를 넘기지 않았다면 지주에게 저항했다는 이유로 게라심과 무무 모두 죽임을 당했을 것이다.

게라심은 농노였다. 자신의 삶조차 선택할 수 없는 농노였다. 하지만 그는 자신의 죽음만큼은 선택할 수 있는 한 인간으로 살고자 했다. 게라심이 무무를 죽이는 행위는 하나의 의식ritual이다. 농노라는 과거의 나를 죽이고, 새로운 나로 거듭나려는 고통이다. 무무를 강물에 던진 후, 게라심은 모스크바를 떠나 자기가 살던 고향집으로 당당하게 걸어간다. 게라심은 더 이상 과거의 그가 아니다. 무무를 죽인 타나토스가 어느새 게라심을 살리는 에로스가 된 것이다.

반면 이선의 타나토스는 아무것도 기약하지 않는다. 죽음 이후에는 아무것도 없다. 같은 시각, 같은 장소에서 동시에 소멸하는, 완벽한 공멸共滅이다.[4] 누가 누구를 남겨 두지도, 누가 누구를 떠나지도 않는다. 죽음은 비극이지만, 죽음을 통해 그리고 사라짐을 통해 연인들의 사랑은 완성된다.

하지만 진짜 비극이 그 지점에 도사리고 있음을 이선은 알지 못했다. 나무에 부딪친 이선은 정신이 든다. 죽지 않은 것이다. 앞이 보이고, 소리가 들린다. 바로 옆에서 작은 동물의 소리가 들린다. 손을 더듬어보니 매티가 내는 신음 소리다.

로마 시인 오비디우스가 쓴 라틴어 서사시 『변신』에 나오는 바우키스와 필레몬 부부는 함께 죽어 나무

---

4 어쩌면 일본인들이 무의식적인 수준에서 희구하는 행방불명의 욕망, 가미카쿠시(神隱し)의 욕망과 비슷하다. 신이 그들을 숨겨 주는 것이다.

가 되었지만, 이선과 매티는 그 꿈을 이루지 못한 것이다.

함께 죽지 못한 자에게는 더 큰 비극이 기다리고 있다. 이선은 평생 절뚝거리며 살게 되고, 하반신 마비가 된 매티는 한때 자기가 돌보던 지나의 도움으로 평생 살아야 한다. 이선과 매티는 소원대로 다시는 헤어지지 않게 되었지만, 결코 그 집을 떠날 수 없게 된다. 단 한 발짝도.

타나토스가 파괴하지 못하고 그저 스쳐간 인물들, 즉 가까스로 살아남은 인물들이 소설 속 주인공이 된다. 죽은 자는 말이 없지만, 살아남은 자들은 말할 수 있다.

『이선 프롬』의 이선, 「무무」의 게라심, 『금수』의 아리마, 『적』의 장클로드 로망. 그들은 살아남아 무슨 일이 있었는지 증언한다. 삶과 죽음이 무엇인지를 말하는 무서운 소설들.

심장이 단단한 사람이 아니라면 나는 결코 이 책들을 권하지 않겠다. 하지만 이 책들을 견뎌내면 어느새 당신의 심장은 단단해질 것이라고, 나는 믿는다.

구원
salvation

한 인간의 본질적인 우아함은 오직 타인의 시선 속에서 발견된다.

대부분의 연애는 고통이다. 이미 끝났지만 끝이 나지 않은 연애, 끝나지 않았지만 이미 끝난 연애는 우리에게 고통을 준다. 그 고통 때문에 다시는 연애 따위는 하지 않겠다고 다짐한다. 하지만 우리는 다시 흔들린다. 왜 우리는 사랑의 욕망을 포기하지 못하는 것일까. 하나의 미스터리다.

인간은 의미의 존재다. 의미를 찾으려는 존재다. 연인들은 기꺼이 자신을 혼란의 드라마 속으로 밀어넣고, 부서지고, 무너지고, 흩어진다. 그 혼란 속에서 그들은 새로운 질서를 찾고 마침내 의미를 발견한다. 비록 모호하거나 덧없는 단상에 불과한 것일지라도 의미의 순간은 찾아온다.

랴보비치가 느낀 허무함, 게라심이 느낀 해방감,

이선이 느낀 고요함, 사랑 후에 찾아오는 연인들의 슬픔은 의미를 찾아낸 인간의 성장을 의미한다.

사랑은 왜 끝나고, 사랑은 왜 아픈가. 사랑을 잃은 연인들은 그 답을 찾아 과거의 시간 속을 헤맨다. 그의 표정을 떠올리고, 그와 주고받았던 말을 복원하려 애쓴다. 시간을 거슬러 어릴 적 자신까지 올라간다. 어떤 이는 사랑을 실패한 이유가 어린 시절부터 자신이 품었던 이루지 못한 욕망 탓이라고 돌린다.

아쉽고 부끄럽고 안타까웠던 순간들. 우리 마음속에는 우리를 닮은, 울고 있는 내면 아이inner child들이 있다. 우리는 그 아이들이 가졌던 미완의 욕망을 현재의 연애를 통해 만회하려 하는 본능이 있다. 한 개인이 품고 있는 과거의 욕망이 현재의 욕망을 규정하는 것이다.

반면 감정사회학자 에바 일루즈Eva Illouz는 다른 주장을 한다. 사랑이 실패하고 끝나는 이유는 개인적인 차원이 아니라 사회적인 틀에서 규정되기 때문이라고 한다. 연애는 더 이상 개인의 낭만적인 선택이 아니라 상대방에게 인정받고 싶어 하는 사회적 욕망의 발현이며 자본주의 시장 체제 속 상상력의 결과물이라고 주장한다.

그에 따르면 현대 사회 속 많은 연인은 본인의 열정이 아닌, 사회적으로 강제되거나 주입된 이미지에 이끌린 연애를 추종한다. 내가 아무리 진지하게 나만의 사랑을 한다고 해도 어딘가 짝짓기 TV 프로그램 속 연인들을 닮아 있는 것이다.

개인적인 경험인가, 사회적인 복제인가. 나는 연애를 바라보는 그 두 가지의 관점 모두 옳다고 생각한다. 어린 시절의 경험 때문에, 조건을 따지는 자본주의적 상상력 때문에 연애가 시작되고 사랑이 끝난다고 생각한다.

우연히 거리에서 싸우고 있는 연인을 목격할 때가 있다. 발 밑에는 꽃다발이 버려져 있다. 횡단보도 신호등이 바뀔 때까지 나는 조용히 그들의 대화를 엿듣는다. 아주 사소한 이유다. 두 명이 아니라 네 명이 싸우고 있다. 그와 그녀 그리고 그들 마음속에 깃든 그 소년과 그 소녀. 아마 그는 그녀의 마음속에 들어앉은 어린 소녀의 마음을 읽지 못했던 같고, 그녀 역시 그의 마음속에 웅크려 울고 있는 소년의 부끄러움을 들춰낸 듯하다.

Keep Ithaka always in your mind.

Arriving there is what you are destined for.

But do not hurry the journey at all.

Better if it lasts for years,

so you are old by the time you reach the island,

wealthy with all you have gained on the way,

not expecting Ithaka to make you rich.

항상 마음속엔 이타카를 품어야 해

거기에 다다르는 것이 너의 운명

하지만 여행을 절대 서두르지는 마

몇 년이 걸리더라도

그 섬에 닿을 때면 나이가 들었을 거야

가는 도중에 얻은 것들이 너를 부자로

만들어줄 터이니

이타카가 너를 부자로 만들어주리라고

생각하지는 마

Ithaka gave you the marvelous journey.

Without her you would not have set out.

She has nothing left to give you now.

이타카는 너에게 놀라운 여행을 선사해 주었어

이타카 없이는 너는 떠나지도 않았겠지

이제 이타카가 네게 줄 것은 아무것도 없어

And if you find her poor, Ithaka won't have fooled

you.

Wise as you will have become, so full of

experience,

you will have understood by then what these

Ithakas mean.

이타카가 초라해 보여도, 이타카는 너를 속인

게 아닐 거야

너는 수많은 경험으로 현명해질 거야

이타카에 닿을 즈음 너는 이 이타카들이

무엇인지 결국 알게 될 거야

연애를 할 수 있는 자는 인생의 지도에서 지중해를

발견하는 사람이다. 모든 인간의 지도에는 지중해가

숨어 있다. 연애란 무엇일까. 낯선 섬을 꿈꾸며 거친

지중해를 항해하는 것. 우리는 기꺼이 오디세우스가

되어야 한다. 내가 원하는 그는, 내가 사랑하는 그녀는

내가 돌아가야 할 고향 이타카Ithaka다. 사이렌의 유혹

이, 난파선의 전설이 가득한 바다지만 우리는 이타카를 꿈꾸며 파도의 흔들림에 몸을 맡겨야 한다.

그리스의 시인 콘스탄티노스 카바피스Konstantinos Petrou Kavafis의 시 「이타카」에서도 알 수 있듯이, 이타카는 보이지 않고, 이타카로 가는 길만 보인다. 마찬가지로 사랑은 보이지 않고, 사랑으로 향하는 길만 보인다. 오디세우스는 텅 빈 공간 앞에서 돛을 올린다. 우리의 사랑 역시 비어 있음, 공空을 느끼고 무無를 기꺼이 받아들이려는 마음가짐에서 출발한다.

누군가를 사랑한다는 것은 보이지 않는 포구를 향한 지독한 항해다. 우리는 알아야 한다. 오디세우스를 영웅으로 만들어준 것은 이타카가 아니라 이타카로 가는 길이었듯, 우리를 더 깊은 존재로 만드는 것은 그 사람이 아니라 그 사람을 향한 사랑이라는 사실을.

"대부분의 연애는 나쁘게 끝나요."

소설 『스토너』의 캐서린은 이렇게 말했다. 연애의 끝. 마침내 다다르게 되는 이타카는 초라하고 볼품없다. 연애가 이기고 사랑이 승리한다고, 누가 이야기했을까. 긴 항해에 지친 그들. 하지만 그들은 이미 이타카에 도착하기 전에 수많은 이타카를 스쳐 지났음을 안다. 이타카에 다다르기 전에, 그들은 이미 이타카에 이르렀다.

연애는 결국 무엇일까. 타인을 향한 항해이면서 동시에 자신을 찾아 나서는 여정이다. 그런 의미에서 연애는 하나의 구원, 세속적 구원이 아닐까. 고통 속에서 깨닫는 세속적 구원. 하지만 연애를 통한 구원은 나 혼자서는 이룰 수 없는 구원이다. 오직 타인의 시선으로 나 자신의 풍경을 바라보았을 때만 그 구원은 가능하다.

뒤라스의 『연인』의 주인공 소녀는 그에게 말한다. 당신은 자신이 가지고 있는 본질적인 우아함élégance cardinale을 모른다고. 모르기 때문에 자신이 말해 주겠다고 한다.

지금까지 살아오면서 당신의 본질적인 우아함을 발견해 준 사람은 누구였는지 곰곰이 돌이켜 보자. 진정 당신을 사랑했고 당신을 구원해 준 이는 그 사람이 아니었을까. 만일 그가 당신 내면의 우아함을 발견하지 못했다면 당신은 의미 없는 연애를 한 것이다.

『스토너』에서 나오는 셰익스피어 소네트 한 편이 연애의 모든 것을 말해 줄 것 같다. 연애의 본질을 향해 떠났던 나의 항해도 이 시 하나로 마무리할까 한다.

스물일곱 편의 소설 그리고 스물두 개의 단어. 어쩌면 그 소설과 단어들이 내게는 이타카들은 아니었을까.

THat time of yeeare thou maist in me behold,
  When yellow leaues,or none,or few doe hange
Vpon those boughes which shake against the could,
Bare rn'wd quiers,where late the sweet birds sang.
In me thou seest the twi-light of such day,
As after Sun-set fadeth in the West,
Which by and by blacke night doth take away,
Deaths second selfe that seals vp all in rest.
In me thou seest the glowing of such fire,
That on the ashes of his youth doth lye,
As the death bed,whereon it must expire,
Consum'd with that which it was nurrisht by.
  This thou perceu'st,which makes thy loue more strong,
  To loue that well,which thou must leaue ere long.

출처: Folger Shakespeare Library

That time of year thou mayst in me behold,

When yellow leaves, or none, or few, do hang

Upon those boughs which shake against the cold,

Bare ruin'd choirs, where late the sweet birds sang.

그대 내게서 그 계절을 보게 되리

누런 이파리가 하나도, 기껏해야 한두 개 남아

한기에 떠는 나뭇가지 위

예전 귀여운 새들이 노래했던 성가대가 텅 비는

그 계절을

In me thou see'st the twilight of such day

As after sunset fadeth in the west,

Which by and by black night doth take away,

Death's second self, that seals up all in rest.

그대 내게서 그 날의 황혼을 보게 되리

서쪽 하늘이 일몰에 사그라들고

남은 하늘마저 검은 밤이 조금씩 덮쳐

마침내 죽음의 분신이 모든 것을 안식 속에

봉인하는 그 하늘을

In me thou see'st the glowing of such fire

That on the ashes of his youth doth lie,

As the death-bed whereon it must expire,

Consum'd with that which it was nourish'd by.

그대 내게서 그 불꽃의 일렁임을 보게 되리

그의 젊음이 머물렀던 재 위의 마지막 잔불

망자의 마지막 자리를

사그라들게 만드는 그 불꽃을

This thou perceiv'st, which makes thy love more

strong,

To love that well, which thou must leave ere long.

그대 이것을 알게 된다면 그대 사랑 더 강해지리

그대가 머지않아 떠나야 할 사랑도 더욱 사랑하게

되리

번역: 오정호

소설 리스트 (출간 연도순)

19세기

이반 투르게네프 「무무」(『소브레멘니크』, 1854)

쥘 바르베 도르비이 「진홍빛 커튼」(『사악한 여자들 Les Diaboliques』, 1874)

안톤 체홉 「입맞춤」(『입맞춤과 다른 이야기들』, 1887)

오스카 와일드 「행복한 왕자」(『행복한 왕자와 그 밖의 이야기들 The Happy Prince and Other Tales』, 1888)

20세기 전반

이디스 워튼 『이선 프롬』(1911)

이디스 워튼 『여름』(1917)

20세기 중반

프랑수아즈 사강 『어떤 미소』(1956)

다니자키 준이치로 『열쇠』(1956)

프랑수아즈 사강 『브람스를 좋아하세요…』(1959)

존 윌리엄스 『스토너』(1965)

존 파울즈 『프랑스 중위의 여자』(1969)

이탈로 칼비노 「어느 신혼부부의 모험」(『어려운 사랑Gli amori difficili』, 1970 — 초판 출간 1958)

윌리엄 트레버 「그 시절의 연인들」(『그 시절의 연인들 Lovers of Their Time and Other Stories』, 1978)

미야모토 테루 『금수』(1982)

마르그리트 뒤라스 『연인』(1984)

밀란 쿤데라 『참을 수 없는 존재의 가벼움』(1984)

무라카미 하루키 『상실의 시대』(1987)

20세기 후반~21세기

아니 에르노 『단순한 열정』(1991)

모니카 마론 『슬픈 짐승』(1996)

엠마뉘엘 베르네임 『금요일 저녁』(1998)

필립 로스 『죽어가는 짐승』(2001)

이언 매큐언 『체실 비치에서』(2007)

앤드루 포터 「빛과 물질에 관한 이론」(『빛과 물질에 관한 이론 The Theory of Light and Matter』, 2008)

한국 현대 소설

박범신 『주름』(2015)

정영수 「우리들」(『소설 보다: 2018년 가을호』)

이혁진 『사랑의 이해』(2019)

정영수 『내일의 연인들』(2020)

연애 소설이 나에게
좋은 연애 소설, 어쩌면 그것은 작은 구원이다

초판 1쇄 발행 2026년 1월 16일
지은이 오정호
펴낸이 안지선

편집 신정진
디자인 다미엘
마케팅 타인의취향 김경민, 김나영, 강지민
경영지원 강미연

펴낸곳 (주)몽스북
출판등록 2018년 10월 22일 제2018—000212호
주소 서울시 강남구 테헤란로 151, 1006호
이메일 monsbook33@gmail.com

ISBN 979-11-995392-5-9 02810

mons
(주)몽스북은 생활 철학, 미식, 환경, 디자인, 리빙 등 일상의 의미와
라이프스타일의 가치를 담은 창작물을 소개합니다.